PAUVRE FOLLE

Fiction & Cie

Chloé Delaume

PAUVRE FOLLE

roman

Seuil
57, rue Gaston-Tessier, Paris XIXe

COLLECTION
« Fiction & Cie »
fondée par Denis Roche
dirigée par Bernard Comment

Pour les citations :
Paul-Claude Racamier, « Pensée perverse et décervelage », in *Gruppo. Revue de psychanalyse familiale et groupale*, n° 8, *Secrets de famille et pensée perverse*, Éditions Apsygée, 1992.
Grisélidis Réal, *La Passe imaginaire*, © Éditions Verticales, 2006.

ISBN 978-2-02-149772-4

www.seuil.com

Une femme dans un train

La fin du monde n'a pas du tout la forme prévue. Derrière la vitre embuée, Clotilde observe la neige couvrir avril ; le train qui l'emporte traverse autant de forêts mortes que de prés empoissés par des ruisseaux boueux. Elle regarde le décor se déliter lentement, l'époque s'appelle Trop tard, chacun est au courant, alors elle se demande comment font toutes ces bouches pour prononcer encore sérieusement le mot Avenir. Le vent se cogne au carreau en charriant de l'eau sale ; les flocons sont grisâtres comme les cendres estivales qui saupoudrent les piscines pendant que les gens y nagent, entourés d'incendies. Ainsi, comme tous, Clotilde traverse l'épreuve : c'est dur d'admettre qu'elle vit et ne vivra plus qu'à l'aune du seuil franchi, au creux de la déchirure, que sa seconde partie de vie habite la fin du monde.

Sentir la terre s'ouvrir, les semelles engluées dans le séisme final, Clotilde a toujours su que ça lui arriverait. Sûrement parce qu'elle est une sorcière, ou qu'elle est si autocentrée qu'elle ne peut concevoir un au-delà d'elle-même. Mais son imaginaire était culturellement formaté, le regard de saint Jean imprégnait ses pupilles, poussant son esprit à guetter les signes de l'Apocalypse dans une mer en sang, pas dans la fonte des glaces. Le Saint-Jean *gaze* précède la collapsologie. Aussi s'attendait-elle à une rupture brutale, avec quelqu'un dans le rôle de l'ange. Ici, aucun dragon ni cavalier. Les trompettes ne peuvent sonner tant les souffles se font courts. À la place de la Bête la marque de l'agonie, les fléaux seront nombreux, les chiffres miroirs de rien : l'effondrement global se déroule sans panache et manque de mise en scène.

La lumière est de craie, une nuée d'étourneaux fonce sur une éolienne, le chef de bord rappelle que le bar propose des boissons chaudes. Évidemment, elle trouve ça triste, Clotilde, que ce soit la fin du monde. Pour autant elle l'accepte sans aucune résistance, elle dont la moelle s'enflamme habituellement à la moindre injustice. Elle s'est très longuement penchée sur la question, et aucun argument justifiant la survie de l'espèce humaine ne lui paraît recevable, absolument aucun. Elle ne s'est pas reproduite pour ne pas s'en mêler. Être responsable d'une vie qui suffoque dans les cendres lui semble encore bien pire qu'accoucher sur une tombe. Le jour ne brillera plus, ce sera toujours la nuit : c'est ça qui est nouveau.

Le siège est confortable mais le trajet est long, si long, interminable. Clotilde l'a fait exprès pour pouvoir réfléchir. Être capable d'y voir clair et de prendre enfin une décision. Là où l'emmène ce train n'a aucune importance, ce qui se passe dans sa tête compte bien plus que les gares qui vont dans des heures l'accueillir ; une halte aux confins de l'Allemagne puis un changement, avant qu'elle ne se rende deux nuits à Heidelberg. Elle a choisi cette ville pour sa charge symbolique, Heidelberg, si outrageusement romantique, là où, lui avait-on dit, les jeunes gens foudroyés par *Les Souffrances du jeune Werther* venaient tacher de rouge l'actuel gazon des douves.

Plus tard, beaucoup plus tard, en faisant des recherches, Clotilde a découvert que cette histoire de cœurs broyés qui sautent des hauts créneaux du château d'Heidelberg, le livre de Goethe dans la poche, relevait de l'invention, de l'affabulation. Nulle légion n'était venue mourir d'amour à Heidelberg. Le type qui lui avait raconté ça l'avait fait pour l'impressionner durant le voyage scolaire de son année de terminale. Rien n'est plus vinaigré qu'une légende qu'on chérit au point de la transmettre dès que l'occasion se présente, et qui se révèle soudain le mensonge d'un petit malin.

Nulle légion n'était venue mourir d'amour à Heidelberg, mais Clotilde a tant projeté, le lieu est intégré à sa géographie intime, elle n'a pu renoncer à en faire le décor idéal, destination finale pour recueillir le marc de ses sentiments. C'était ça ou la Grotte de Vénus du château de Linderhof. Or les châteaux de Louis II de Bavière sont infestés de touristes, et c'est en groupe que s'effectue, atrocement minutée, la visite de la Grotte. Alors, oui, Heidelberg.

D'un point de vue logistique, ce court périple n'a pas de sens : en temps normal il suffit de moins de quatre heures pour rejoindre cette ville. Mais là, il est le cadre d'un protocole que Clotilde s'est inventé pour résoudre une énigme qui depuis trop longtemps lui tord le cœur et les neurones. S'enfermer dans des trains jusqu'à toucher le nord-ouest de l'Allemagne pour y changer de quai, redescendre pour deux nuits près d'une tour coupée en deux. Errer le long des ruines en grès rouge ; dormir, enfin, dormir un peu. Rentrer ensuite en quelques heures, lucide et apaisée. Peut-être même touchée par la grâce d'une modification. Quelque chose en elle doit changer, son regard se déplacer, faire exploser la bulle pour ne plus tourner en rond.

Durant le processus, rien ne pourra la distraire, parasiter sa quête interne, même quand à Heidelberg elle marchera dans les rues : elle ne parle pas allemand ; son anglais exécrable exclut toute tentation, elle ne communiquera pas, elle restera concentrée sur son sujet d'étude. Une affaire délicate, qui depuis dix-sept mois tourbillonne dans son crâne, arrachant un à un ses neurotransmetteurs. Dix-sept mois, mais combien de tiroirs, de gouffres mémoriels. Combien d'entrées possibles, par où saisir l'énigme afin de la déchiffrer : c'est pour ça que Clotilde, assise dans ce train, suit le protocole. Elle va cerner le problème pour agir en fonction.

Elle doit reconstituer un puzzle fait de fossiles et de désir confit en éternel retour, une sorte de mosaïque dessinant cette histoire dont la nature, l'essence, lui échappe depuis ses débuts. Une histoire impossible dont l'éclat, semble-t-il, jamais ne se ternit, une expérience étrange qui mêle la poésie à l'amour absolu. À moins que les pièces assemblées ne lui révèlent les contours de l'emprise et du mensonge, peut-être même ceux de la perversion. Clotilde redoute ce qui va lui sauter aux yeux.

Clotilde Mélisse est écrivaine et elle a l'habitude de transformer en livres ses épisodes et cycles existentiels. Elle se rapproche des cinquante ans : compte tenu de son hygiène de vie, elle a clairement moins de deux décennies devant elle avant de finir dans une urne. Il lui est donc inconcevable de ne pas régler le dossier en cours, de laisser en suspens cette histoire, peut-être ou surtout pas une histoire d'amour. Elle a d'autres urgences, bientôt il fera noir et le temps déjà lui manque.

Clotilde ne veut pas crever avant d'avoir vu les filles et les femmes se relever une à une en se tenant la main. Carmagnole sororale démantelant un système qui colonise corps et pensée ; renversant en riant les valeurs de la phallocratie ; détruisant en chœur de colère les bastions du souverain virilisme. Ensemble elles doivent danser sans le son des canons : on ne peut pas tuer les mœurs, juste les faire évoluer. Briser le plafond de verre ne se fait pas à la hache, trancher la jugulaire ou le sexe des mâles alpha saloperait la moquette en en faisant des martyrs. Ce ne sont pas des armes qui leur sont nécessaires, mais plutôt des outils.

Alors Clotilde tente de se rendre utile, elle écrit des tas de textes pour partager ses expériences et pistes de réflexion, et les lit parfois en public. Elle appelle la Violette, couleur du féminisme héritage suffragettes, cette révolution qui depuis #MeToo gronde. Pour Clotilde ce n'est pas que la quatrième vague, c'est le dernier tsunami et l'ultime soulèvement. Dommage que ça arrive pendant la fin du monde. Le jour va bientôt tomber et tout expire le compte à rebours. La Violette pourrait-elle échapper à la nuit, survivre aux grands brasiers, pondre des œufs de phénix ? Clotilde se le demande dans le fauteuil du Thalys.

Le train marque un arrêt, quelques personnes descendent. Clotilde se perd en elle-même, ses synapses sont de buis. Son regard disparaît dans le reflet de la vitre car quand elle pense à la Violette, Clotilde se remplit de flou. Elle a le vertige du haut de son quasi demi-siècle et se demande de plus en plus si ce qu'elle est et représente n'appartient pas au monde ancien, sa parole devenue obsolète, par la jeunesse invalidée. Elle est cis, blanche, finalement plutôt hétéro, et a toujours investi avec fougue sa féminité. Dans le regard des non-binaires, est-ce qu'elle vaut mieux qu'un vieux boomer, cette question sans cesse lui revient.

Elle se sait formatée par la dichotomie, homme/femme, butch/fem, FtM/MtF. Elle a intégré le troisième sexe depuis qu'elle écoute Indochine, l'esthétique queer la ravit, main sur le cœur, car Clotilde est une drama queen. Ce qu'éprouvent les gender fluid, elle le saisit sur le papier, mais l'identité de genre fluctuante, changeante, masculin féminin investis tour à tour, à l'instar du genre neutre, elle a beaucoup de mal à y voir autre chose qu'un geste politique. Si astucieux qu'il déjoue les rôles et les règles établis, faisant suffoquer les rangs patriarco-conservateurs ; Clotilde, ça l'impressionne.

Elle est née en 1973, sa génération a échoué à modifier le réel et la façon de le lire. L'ennemi d'alors était le capitalisme. Objectif : changer le monde en votant socialiste et en faisant des manifs, entre deux programmes Erasmus. Quel que soit le domaine, intellectuel ou artistique, aucun natif de cette période ne s'est vraiment imposé : utopistes mais peu créatifs, ils trottinent derrière leurs aînés tandis que leurs cadets les poussent hors de la piste. Le pouvoir les rebutait, ils rêvaient de collectif. Ce qui a permis à leurs pères de conserver le leur. Les soixante-huitards s'accrochent encore aujourd'hui à leur poste, qu'il soit concret ou symbolique. Les enfants des premiers chocs pétroliers ne pouvaient pas tuer leurs papas, si permissifs, compréhensifs, ouverts, sympas. S'y opposer n'avait pas de sens. Mais en laissant le pouvoir dans les seules mains des pères, cette génération se condamnait. Désormais la voilà jugée par les suivantes. Heureusement qu'elle arrive, en fait, la fin du monde. Il est des regards parfois que nul ne peut soutenir.

Ce printemps est glacial, dans le wagon les haleines se changent en brume, le bout des doigts de Clotilde se recouvre de givre, elle frotte ses ongles contre son pull. Il est donc temps pour elle de commencer le travail. Dans toutes les relations qualifiables d'amoureuses se rejouent des éléments, en écho, de l'enfance ; et toutes viennent se glisser dans les fissures laissées par les scènes fondatrices. Ces fissures, selon où l'on en est et qui on a en face, on cherche à les combler, on cherche à réparer ; ou on ne sait que creuser et au contraire changer les fissures en crevasses. Pour résoudre l'énigme, Clotilde se doit de les visiter.

Elle est seule, places 96-97. Aussi peut-elle prendre ses aises. L'autopsy, mine de rien, ça se pratique en silence mais ça en fout partout. La voilà qui sort de son sac en cuir gros grain argenté sa trousse de maquillage pour y chercher son peigne. Elle lisse à coups secs son carré, son rythme cardiaque s'accélère, elle dépose au creux de sa paume gauche trois gouttes de gel hydroalcoolique, puis se frotte vigoureusement les mains. Ensuite, elle écarte ses cheveux et pioche au fond de son crâne ses souvenirs un à un, les étale sur la tablette du train, devant elle, avec mille précautions, avant de les observer.

La forme et la texture de ses souvenirs varient, mais tous sont minuscules, à peine un centimètre de long, de large, d'épaisseur, de diamètre. Certains sont durs, ronds et compacts ; d'autres épais et gélatineux ; d'autres encore plats et métalliques ; ou bien tellement usés que l'on peut presque voir à travers. Quelques-uns sont en grappe, rattachés par des filaments ; pas des grains de raisin, des bulles de sang, d'ambre liquide, de fumée bleue. Au contact du plastique, il y en a qui suintent ou qui se recroquevillent ; la plupart restent inertes, aussi lisses que des objets à demi organiques scintillant sous une couche de cristaux hérissés de perles d'eau ou d'huile. La lumière s'y accroche : autour de chaque souvenir, un halo arc-en-ciel.

Clotilde passe lentement son index engourdi sur le bord de chacun, les prend entre ses doigts ; les gouttelettes se figent et les souvenirs se mettent doucement à palpiter. Elle les fait pivoter, les scrute, cherche à voir ceux qui peuvent ou pourraient s'emboîter. Elle les dispose en lignes, par ordre de taille et de couleur. Choisit la première pièce, un morceau de passé pour elle constitutif.

Au commencement, d'abord, il y eut la poésie

Ainsi est-ce le souvenir, de tous, le plus fondateur. Parce que ce sont les faits : c'est le premier événement. Clotilde avait neuf ans quand la pulpe de ses doigts aussi poisseuse que grasse glissa le long du dos des Lagarde et Michard alignés au milieu de la bibliothèque. Anthologies, manuels scolaires ; outils de travail de sa mère. Corriger ses copies et préparer ses cours lui prenait beaucoup de temps, des heures qui dévoraient mercredis et week-ends. Clotilde était jalouse des élèves de sa mère. Celle-ci en parlait devant elle avec de l'affection et racontait aux invités les perles sorties de leurs bouches pour en faire des colliers. Clotilde était aussi jalouse des invités. Ils arrivaient toujours dès que le paquet de copies était achevé, s'installaient dans le salon et prenaient toute la place. Le père était absent, toujours en déplacement, Clotilde aurait voulu qu'on s'intéresse à elle.

Les enfants de son âge aiment fouiller les tiroirs et les boîtes à bijoux pour percer les secrets, découvrir les contours de l'univers maternel. Devant les invités et beaucoup de bouteilles vides, sa mère avait confié que si un incendie se déclarait soudainement, elle emporterait plutôt ses Lagarde et Michard que sa boîte à bijoux. Ses amis rirent tous, l'un d'eux s'étonna sur un ton plaisantin, *Tu n'emportes pas le feu ?* et les lèvres de sa mère formèrent un petit sourire marquant la connivence et la délectation. Aussi, depuis, Clotilde se plongeait-elle dans les volumes, les feuilletant en tentant d'y trouver un trésor.

Son index s'arrêta sur le XIXe siècle, remonta jusqu'à sa coiffe, la crochetant aussitôt jusqu'à sortir le livre, qu'elle posa sur la table de la salle à manger. Clotilde s'y installa comme le faisait sa mère, au bout, près du vieil abat-jour tissé en fils de laine. Elle ouvrit le recueil et en tacha les pages, parcourant noms et mots comme on scrute des pierreries. Sa mère lui avait dit que la littérature relevait du patrimoine, que dans ces pages se trouvait le seul héritage qu'elles toucheraient dans leur vie, vu que pépé Grégoire s'était ruiné au jeu. Elle avait ajouté *C'est une sorte de musée, un musée portatif.* Clotilde avait le droit de se promener dedans, à condition de ne pas prendre son goûter ce faisant, à cause des traces de confiture. L'assiette blanche était vide, posée dans la cuisine. Mais se laver les mains, ses mains moites et collantes, Clotilde avait beau être grande, c'était comme pour les dents, elle oubliait souvent, si souvent que sa mère s'effondrait, dépassée, en usant du mot *truie.*

C'était un jour de semaine, une fin d'après-midi. Le ciel devenait incertain derrière les rideaux ternes. L'établissement scolaire où officiait la mère se situait tellement loin que son retour ne pouvait se faire qu'entre chien et loup. Une fois rentrée de l'école, Clotilde se gérait seule. Elle expédiait ses devoirs en dégustant du Tang à la petite cuillère, allumait la radio ou la télévision. Quand elle prenait un livre, elle le faisait dans le silence pour imiter sa mère. Durant ces plages de solitude, Clotilde reproduisait les gestes maternels le plus précisément possible. Jusqu'à l'aspiration des bouffées de Dunhill qu'elle n'osait allumer.

Quand Clotilde se promenait dans Lagarde et Michard, ce qu'elle préférait regarder, c'était la poésie. Les mots dansaient tout seuls, un peu comme dans une chanson. Elle ne comprenait pas tout, souvent même rien du tout, mais elle était saisie. Elle ne parcourait pas, jamais, les notes et textes dans l'ordre, elle entrait au hasard, et quand elle tournait les pages, elle le faisait par pincées. C'est ainsi que ce jour-là Clotilde découvrit, vers la fin du recueil consacré au XIXe siècle, une poésie titrée d'un prénom qui lui semblait merveilleux. Un prénom que portait comme un diadème crâneur une camarade de classe, un prénom que sa mère avait jugé tragique et dangereux à donner. *S'appeler comme une folle que l'on retrouve noyée, c'est lourd pour une gamine, en plus si elle est moche le décalage devient comique, regarde la petite Aurore : tout le monde l'appelle Horreur.*

« Ophélie » de Rimbaud. Il y avait trois parties disposées sur deux pages, surplombées d'une introduction. Les pupilles de Clotilde plongèrent dans le poème. *Sur l'onde calme et noire où dorment les étoiles/La blanche Ophélia flotte comme un grand lys, / Flotte très lentement, couchée en ses longs voiles... / – On entend dans les bois lointains des hallalis.* Clotilde dut se lever, aller chercher sur l'étagère qui pouvait l'éclairer. Le Petit Robert dit : « Hallali. n. m. Chasse. Cri ou sonnerie de cor annonçant que l'animal poursuivi est aux abois. *Sonner l'hallali.* »

Ce mot plut à Clotilde tout de suite. Si fort qu'elle ne put s'empêcher de répéter à haute voix *l'hallali l'hallali, l'hallali l'hallali*, remuant la tête en rythme, le menton battant la mesure. Maintenant qu'elle comprenait tous les mots du quatrain, elle le reprit comme un chant, découvrant dans sa gorge le roulis des syllabes, surprise de ressentir au tréfonds de sa chair le mouvement irradiant de chaque alexandrin. Et d'être traversée par ces sons, cette musique, son cœur battit plus fort et sa bouche devint sèche. Devant elle la tapisserie, de l'autre côté de la pièce, *La Liseuse* en canevas Fragonard DMC, devint floue et tangua, à croire que ses fils se dissolvaient.

Elle se versa de l'eau dans son verre en pyrex aux bords orangés et gluants, la but d'un trait, reprit ses esprits. Elle était envahie par un trouble totalement inédit, consciente qu'à cet instant il se passait quelque chose. Quoi, elle n'en savait rien. Elle avait presque peur et était excitée, simula d'avaler une bouffée de Dunhill et replongea dans sa lecture. Juste dans sa tête cette fois, y aller pas à pas, contenir l'étrange émoi qui l'emportait au contact de ces mots et de leur agencement.

Voici plus de mille ans que la triste Ophélie / Passe, fantôme blanc, sur le long fleuve noir ; / Voici plus de mille ans que sa douce folie / Murmure sa romance à la brise du soir. Le ravissement se poursuivait et Clotilde avait chaud, son sous-pull vert sapin 100 % synthétique lui grattait tout le cou. Elle avançait lentement comme on marche dans la mer avec l'eau chevilles genoux cuisses, en guettant le moment où elle n'aurait plus pied. Elle se heurta à *aulne*, se douta que c'était un arbre, continua sa lecture. Elle s'enfonça dans l'eau, elle se laissa porter, secouée par l'ouverture de la deuxième partie où le poète s'adresse à la sublime défunte : *Ô pâle Ophélia ! belle comme la neige ! / Oui tu mourus, enfant, par un fleuve emporté !* En lisant ce dernier vers, Clotilde fut soudain prise d'une forme de vertige. Les flots se faisaient furieux et elle visualisa la jeune fille, cette enfant condamnée entre les deux virgules, le point d'exclamation la jetant dans les chutes. Sous ses yeux, concrètement, il y avait mise en scène : par le jeu de la ponctuation le corps même d'Ophélie était donné à voir.

Clotilde acheva le poème dans un état second, elle se sentait exsangue et elle avait la fièvre. Elle resta très longtemps à flotter hors d'elle-même, se fondant aux longs voiles, devenant un grand lys. Son cœur lui faisait mal, ses oreilles bourdonnaient. Dans la cage d'escalier, le voisin du troisième précédé par son chien se hâtait de sortir. Le cliquetis de la laisse rebondissait sur chaque marche. Clotilde réalisa qu'il devait être dix-neuf heures ; d'ici très peu sa mère rentrerait du lycée, harassée par le trajet et la gare Saint-Lazare. Elle remit la Dunhill dans le paquet entamé, caressa le poème du bout de deux de ses doigts, laissant une traînée mauve aux reflets de myrtille. Puis referma le volume qu'elle rangea prestement, avant de faire de même avec le dictionnaire.

Quand elle mettait la table, posait le bulgomme, la nappe marron à fleurs, les assiettes Arcopal et un seul verre à pied, Clotilde très souvent faisait marcher le tourne-disque relié à deux enceintes qui crachotaient un peu. Elle avait toujours peur de mal placer le saphir en baissant la manette, ses parents redoutaient qu'elle ne commette une bévue, détériore le matériel, raye un de leurs 33 tours. Ils possédaient surtout des albums de variétés et de chanson française, à l'exception de *Grease*, que sa mère aimait tant qu'il était interdit à Clotilde d'y toucher. Ce soir-là, devant les disques, elle hésita longtemps. Elle cherchait une voix, une voix et une musique capables d'accompagner le poème qui la hantait. D'en prolonger l'effet, le rythme, l'atmosphère. Elle sortit les pochettes contenant des morceaux tristes, *Le jeune facteur est mort* de Georges Moustaki, *Le Mal de vivre* de Barbara : absolument rien ne convenait. En posant les ronds de serviette, elle songea aux rouleaux du fleuve, au tombeau, deux virgules qui encadraient l'enfant, et la pâle Ophélia se glissa dans son reflet, Clotilde sursauta en croisant ses contours dans l'assiette Arcopal.

La clef tourna dans la serrure, les gonds grincèrent ; sa mère entra. Elle était fatiguée et de mauvaise humeur *Tu t'es lavé les mains Peigne-moi cette tignasse T'as mis la table c'est bien Ton verre est dégueulasse Mon paquet de Dunhill est collant je t'interdis de jouer avec mes cigarettes.* Clotilde dut attendre de finir son omelette pour confier à sa mère ce qu'elle avait vécu en lisant « Ophélie ». Elle lui raconta tout, jusqu'au tombeau virgules. Sa mère eut un sourire ému et amusé qu'elle conserva longtemps, en inclinant la tête, comme si elle changeait le cadre, déplaçait l'angle de vue. Elle gardait le silence, tandis que les coins de ses yeux scintillaient étrangement.

Elle saisit une Dunhill et son briquet doré sans lâcher du regard sa fille ; alluma bouffée dense le bout de sa cigarette, prit le ton du secret : *Moi, c'était sur Racine. Le point commun, tu sais, c'est les alexandrins.* Clotilde connaissait le terme, le mercredi sa mère pour être à ses copies sans l'avoir dans les pattes lui faisait écrire des poèmes, au début en vers libre, seules les rimes importaient, mais depuis peu soumis à des consignes plus fermes, exercices de métrique, huit pieds, octosyllabes. L'alexandrin, la mère avait cité Racine, mais douze pieds pour Clotilde ça semblait trop ardu, elle n'avait donc pas osé de crainte d'un échec cuisant.

Le rythme de l'alexandrin, c'est vraiment quelque chose. Elles commentèrent ensemble les sensations physiques, l'affolement ventricules et la suffocation, le vertige surtout, le vertige, sur le ton d'héroïnes parlant d'effets secondaires de leur superpouvoir. La mère expliqua à Clotilde qu'elle était très sensible et qu'elle venait de vivre son premier *choc esthétique.* Elle lui parla de Stendhal, sortit *Le Rouge et le Noir* pour rendre concret le fait qu'il était écrivain. Le syndrome de Stendhal existait bel et bien, ça l'avait pris devant des peintures à Florence, mais il n'y avait pas de nom, aucune appellation, lorsque ça vous retournait face à une suite de mots, quand ça vous saisissait par la littérature.

Étant très pédagogue, la mère chercha le poème dans Lagarde et Michard en pestant sur l'état dans lequel sa cochonette de gamine l'avait mis, allant jusqu'à prendre l'éponge pour rattraper la couverture. Puis elle décortiqua le texte, commentaire composé sur mesure pour novice. Clotilde but ses paroles et posa des questions, sa mère lui raconta l'Ophélie de Shakespeare en faisant la vaisselle. Vint l'heure d'aller au lit. Sur le seuil de sa chambre, Clotilde sentit sa mère la serrer dans ses bras plus fort qu'à l'habitude, allant même jusqu'à l'embrasser sur la joue. Clotilde s'endormit en pensant aux virgules qui noient les pauvres folles, et le tricot de mots qui se faisait dans sa tête se comptait en mailles de douze.

Le train ralentit au point de s'arrêter en pleine voie. La nuit vient de tomber, la mémoire de Clotilde laisse remonter à la surface ces vers de Sylvia Plath : *La poésie ne sauve pas, / La poésie ne sauve rien. / Mais il y a la poésie.* Un sourire se dessine sur ses lèvres maquillées : Clotilde n'est pas d'accord. C'est par la poésie qu'elle a été sauvée. Elle repose le souvenir sur la tablette en plastique, puis en saisit délicatement un autre. Lui aussi est ancien. Du verre et du silex recouverts de peaux mortes, pierre de chair, cuir humide. Ses contours sont comme délavés, ses angles érodés, tranchants : pouce et index, une goutte de sang.

Elle connaît ce souvenir par cœur, il s'impose souvent invasif, elle ne sait pas le tenir à distance. Il est sa faille et sa fissure, fondateur, il contamine tout. Ne pas le prendre en compte reviendrait à se nier, et pourtant elle aimerait qu'avec le temps cet événement s'efface autant que les émotions qui y sont attachées. Elle le fait lentement glisser, la pièce du puzzle trouve sa place, ses saillances se lovent dans les creux du souvenir précédent. Soudain le voilà qui se fend, un caillou mémoriel en sort, suivi de toute une ribambelle, un mince filament les relie, aussi blanc qu'un nerf dans de la viande. Clotilde les assemble, ils s'encastrent aisément, c'en est presque agréable. Elle s'enfonce dans son siège, le dos les yeux le plus loin possible, s'étonne du résultat. C'est bien toute sa psyché qui se voit ainsi dessinée ; ses souvenirs, ses pensées, de quoi l'occuper jusqu'à Cologne. Là, il faudra descendre pour la correspondance.

La couronne des martyrs leur fait un vilain teint

Clotilde perdit sa mère à dix ans et trois mois. Elle ne l'a pas égarée, c'est son père qui l'a tuée. En 1983 il n'y avait pas de mot pour ça, pour dire un homme qui sort une arme face à l'épouse qui veut le quitter. La violence masculine a ses déclinaisons, dans le cadre du foyer il y a une gradation : insultes, menaces et coups ; mais aussi dépréciation, inversion de la culpabilité, instauration de la peur et de l'impunité. C'est un lent processus, parfaitement implacable. Il a fallu attendre 2015 pour que Le Petit Robert dise : « Féminicide. n. m. Meurtre d'une femme, d'une fille, en raison de son sexe. » Ce qui n'est pas nommé n'existe pas, aussi Clotilde crut longtemps être la seule à avoir assisté à l'acmé d'un cauchemar. Maintenant elle sait que tous les deux ou trois jours, une femme tombe et un homme charrie des orphelins.

Néanmoins, avouons-le, en 2015 Clotilde aurait aimé que Le Petit Robert ajoute aussi un autre mot pour préciser les faits, les faits qui la touchaient : le mot *uxoricide*. En latin, *uxor*, c'est l'épouse. Pour Clotilde, sa mère était morte d'avoir juste voulu divorcer. Ils les tuent pour ne pas qu'elles les quittent, parce qu'elles sont leur propriété. Car ainsi pensent ces hommes, mais en tout début de chaîne, avant le premier coup, parfois même la première insulte, oui, ainsi pensent tant, tant d'hommes : le monde leur appartient, comme les corps qui s'y trouvent.

Clotilde aime bien nommer les choses pour qu'elles existent. Pour elle, ses parents étaient morts = [uxoricide + suicide]. Dans l'ancien droit romain, en cas d'adultère, le mari avait le droit de tuer son épouse. Pas besoin de se faire sauter le caisson pour échapper à son reflet, tolérance zéro culpabilité, la notion de regret, de remords, allez ouste. Le problème c'est que le terme *uxoricide*, indépendamment de ses racines, de sa constitution, est englué dans l'adultère. C'est dans le sang de la traîtresse que l'homme vient laver son honneur.

Clotilde doit admettre que le terme *féminicide* est plus adapté, accessible, l'entendre c'est le comprendre immédiatement. La première fois qu'il est apparu, c'était au sein du Tribunal international des crimes contre les femmes, un événement qui s'était tenu du 4 au 8 mars à Bruxelles, en 1976. Objectif : rendre publics les différents crimes commis contre les femmes, dans toutes les cultures. Simone de Beauvoir en a écrit le discours d'ouverture, et a défini ce Tribunal comme « le début de la décolonisation radicale des femmes ». Au terme de leurs nombreuses discussions, les participantes avaient constaté que, dans énormément de sociétés, des femmes étaient tuées parce qu'elles étaient des femmes. Le mot *féminicide* s'était alors imposé pour désigner ce réel, ce fait social.

Clotilde savait très bien que c'est parce qu'elle était une femme que sa mère était morte. Son corps et sa psyché radicalement colonisés, jusqu'à leur explosion. Au début, ce qui braquait Clotilde, dans le terme *féminicide*, c'est qu'il inscrivait sa mère dans une marée de cadavres femelles. Mortes parce que filles, sœurs ou épouses. Mortes parce que inconnues repérées visées, mortes parce que proches s'étant refusées. Mortes parce que femmes dans une société conçue et façonnée pour que les hommes y règnent et maintiennent leur pouvoir. Sa mère devenait une, plus qu'une parmi une foule, elle la perdait de vue, elle risquait de se dissoudre.

À tant se sentir, se croire, seule, au fil des saisons, des années, son deuil et sa douleur, peut-être que Clotilde n'était plus capable de les faire rentrer dans les statistiques, de les partager, de les intégrer, de les faire participer aux données sur les violences faites aux femmes. Au début, quand le mot *féminicide* a commencé à circuler, quand sa bouche l'a articulé, quand ce qu'il s'est passé n'était plus désigné par *l'été de l'accident*. Oui, peut-être bien que Clotilde n'a pas voulu que sa mère rejoigne un long cortège fait de femmes et de filles sacrifiées sur l'autel du patriarcat. Ce mot aussi, Clotilde a mis des décennies à l'employer pour désigner le réel, à faire le rapprochement.

Il est probable que Clotilde ait eu des difficultés à admettre que son histoire était un stéréotype, l'incarnation du bout de la chaîne : son père n'était plus son père, il devenait un effet, l'effet d'une mécanique. Sa mère était réduite à un chiffre ; sa souffrance à un symptôme qu'il fallait vite soigner à grands coups de résilience. Surmonter le trauma en efface-t-il la cause ? Clotilde a beaucoup de mal à trouver positives les rives de l'amnésie.

Clotilde fut orpheline à dix ans et trois mois, mais la violence du père s'était manifestée avant, bien avant, au point qu'aussi loin que remontent ses souvenirs, ils sont tous constellés de bleus. L'impunité du père relevait du systémique et il n'était pas le seul à faire claquer le martinet. La pédagogie noire et les nerfs qui se passent sur la chair de leur chair, la leur ; c'est sur leurs propres terres que se défoulaient les pères, son père, soit, mais tant d'autres, partout. Est-ce qu'on frappe moins les gosses, aujourd'hui, pour de vrai ? Lorsque Clotilde croise un enfant, elle se pose encore la question.

Clotilde déteste voir des enfants, c'est comme des miroirs déformants, une galerie des glaces grimaçantes au sous-sol d'une maison hantée. Le reflet de sa propre enfance, hachis surimpression. Elle ne voit personne en face d'elle, juste un corps qui s'agite de manière erratique en produisant des phrases souvent dénuées de sens arrachées aux aigus ; un corps étranger, un écran, une simple surface à projections. Clotilde ne peut pas voir un enfant sans reproduire mentalement des scènes, des coups précis, qu'elle a vécus de l'intérieur. Surtout celle où son corps à elle valdinguait, jeté comme un sac de rien à travers toute la pièce, projeté par le père contre le mur.

Elle visualise ainsi tous les enfants qu'elle croise, tous, saisie d'empathie et de terreur, spectatrice d'un remake soulignant l'anormal. Une voix fluette, piquante, surgit à chaque fois en lui mordant le cerveau. Elle lui dit des choses comme *Ta mère est morte* et *Tu es seule*. Ensuite c'est toujours la même chose, Clotilde est incapable de gérer le chagrin qui remonte rampe, cavale soudainement empoignant le nombril, crevant le plexus solaire, serrant sa gorge d'un large lasso.

Clotilde déteste voir des enfants, ça l'accule à admettre que son père a gagné, à jamais bousillée, le trauma comme une plante qui pousse irréductible, aquatique et aqueuse, ses tiges flottantes véloces s'étalant monstrueuses, engluant la surface. Dans ces moments elle se sent tellement faible, fragile, cristal d'un trop vieux sablier qui assurément se fissure. Elle doit lutter contre les larmes pour donner le change en société. Dans son crâne elles sont alors cent, cent et une petites voix qui lui mordent le cerveau. Elles la harcèlent, l'insultent, la maltraitent en crécelles ; leurs échos laissent des traces luisantes et écœurantes, de la bave d'escargot. Tout en elle crie rappelle qu'elle ne sait pas se reprendre qu'elle ne peut pas se reprendre, son destin lui échappe puisque déjà écrit avec des petits bouts de cervelle maternelle.

Clotilde répugne à se l'avouer, mais si elle déteste les enfants, c'est au fond parce que aucun n'est conscient de sa chance, sa chance de ne pas être elle, Clotilde Mélisse née Valérie Berlet le 10 mars 1973, dans une clinique quelconque au milieu des Yvelines. Aucun. Tout comme aucun adulte, quand bien même orphelin, jamais n'accédera aux abysses de sa peine. Elle en est fréquemment certaine, intimement persuadée. Mais en pensant cela, Clotilde se meurt de honte, de se voir parader monopole de la douleur, un grand V de victime serti de mille pierreries la coiffant de platine tressé d'or et d'argent.

Clotilde depuis les premiers coups du père veut se débarrasser de son statut de victime, effectuer la transmutation, devenir une autre, plus forte, tellement plus forte, cuirasse épaisse ; tout autour de son âme se forger une armure. Elle se refuse à être plainte, regardée avec compassion, ne supporte pas que son histoire puisse humidifier certains yeux. Faible vient du latin *flebilis*, digne d'être pleuré. Clotilde ne veut pas être pleurée, pour pouvoir rester digne. Elle n'aspire qu'à une seule chose, d'année en année, de 30 juin en 30 juin : dépasser le trauma, voir s'effacer le deuil. Cet unique objectif l'a poussée à chercher l'amour et à changer le sang en mots, à se métamorphoser, à devenir quelqu'un d'autre. Quelqu'un d'autre qui pourtant sanglote dru tous les 30 juin, parce que la douleur demeure intacte, s'élançant en aigus que rien ne peut faire taire.

Oui, la douleur se dompte sans jamais disparaître, vu que la résilience, il serait temps de l'admettre, c'est rien que des conneries. Le Petit Robert rappelle : « Résilience. n. f. Capacité à surmonter les chocs traumatiques. » Ça arrange bien tout le monde, cette histoire de résilience, on peut broyer les êtres puisqu'ils s'en remettent toujours. Le cerveau est plastique, l'esprit pâte à modeler. Le terme de résilience depuis quelques années relève de l'injonction. Résilience collective autant qu'individuelle. Résilience personnelle et dans le monde du travail. Une fois qu'on s'est relevé on est plus résistant, de fait plus efficace ; c'est dans les vieilles casseroles qu'on fait les meilleures soupes, les psychés fracassées recollées à la glu donnent des machines de guerre.

La faille ne se referme pas, quelle que soit la façon dont on la remplit de terre. La faille ne se referme pas, ne se referme jamais. Et ça, c'est inaudible, socialement irrecevable. On n'a pas le droit de souffrir, de souffrir psychiquement au-delà d'un certain temps, au-delà d'un certain seuil. Ce n'est pas acceptable, sous peine de remettre en cause toute l'organisation du système, de la fable, tant de légendes urbaines où l'on croise des victimes devenues héroïnes.

C'est pour fuir le mot victime que l'on court vers l'oubli et la transmutation. Changer la fange en or est une obligation pour ne pas échouer en hôpital de jour ou en clinique privée. Toutes les quarante minutes une personne se suicide au pays du fromage et des anxiolytiques. Et toutes les sept minutes, une femme est agressée sexuellement ou violée. Modifier ce réel demanderait un effort au niveau politique, mais *l'État ne peut pas tout*, on connaît la chanson. C'est donc à ça qu'il sert, le concept de résilience, à continuer de marcher avec la faille au ventre, mains collées aux organes menaçant de se répandre, afin de rester dans le rang et ne pas perturber l'ordre qui est établi.

Ce n'est pas la résilience qui tint debout Clotilde, c'est l'orgueil, l'entêtement à se dire que son père ne pouvait pas l'anéantir, que se trouver amputée de sa mère, dépecée par le deuil, ne l'empêcherait pas de vivre, qu'elle aurait toujours le dessus. Peut-être faut-il préciser que son père la visa longuement avant de se faire sauter la tête. Ce temps d'hésitation demeure pour elle marqué, imprégné du pouvoir que son père avait sur elle. Qu'il l'ait épargnée lui paraît encore hautement suspect, une forme de punition, un châtiment pervers.

Clotilde mit beaucoup de temps à apprivoiser sa douleur. Gérer ses émotions : un travail difficile. Très tôt, on lui prescrivit des petits cachets blancs sécables. Le soulagement qu'ils lui procuraient, les nerfs qui se changeaient en ouate, la sensation d'étourdissement, Clotilde, elle adora tout de suite. Elle n'eut dès lors de cesse de tenir à distance le monde qui l'encerclait par diverses molécules. Quand on est trop sensible, sans état modifié, le réel paralyse.

Les doigts de Clotilde caressent la surface des pièces qui, en face d'elle, forment le début du puzzle étalé. Elle est soudain grumeleuse, des points sont en relief, à croire que mille secrets lui sont confiés en braille. Elle aimerait pouvoir lire ce qui se chuchote dans ce train tout contre son index. Elle observe celles qui restent, posées sur la tablette, en saisit une épaisse, d'un vert proche du lait-menthe : elle devient phosphorescente lorsque Clotilde l'encastre contre un des bords du puzzle.

Anhédonie-sur-Seine

Ce qui caractérisait Clotilde au sortir de l'enfance, outre son carré brun qu'elle ne quitterait plus jamais, c'était d'avoir été marquée par deux chocs, l'un esthétique, l'autre traumatique. Aussi personne ne s'étonnera que, durant son adolescence, ses activités favorites aient consisté à noircir des cahiers Clairefontaine à spirale de vers et d'aphorismes consacrés au suicide, et à se crêper les cheveux en écoutant The Cure.

Elle s'appelait alors Valérie, portait des Dr. Martens et habitait chez sa tante maternelle, dans une ville de banlieue parisienne, une ville grise et moyenne, qui se voulait fleurie à grand renfort de géraniums d'un rouge si orangé, si velouté, qu'on aurait dit du sang où se diluait du Tang. Clotilde depuis déteste les géraniums. Il y en avait partout, jusqu'aux fenêtres d'en face. De ses onze à dix-huit ans, en ouvrant ses volets, elle ne voyait que ça, des éponges gorgées de sang, une vue impressionniste ; puis une fois dans la rue lui venait la sensation de lentement se dissoudre au contact du vent, comme dans de l'eau du sucre.

Sa tante était de sept ans la cadette de sa mère, elle avait un mari et une enfant unique. Clotilde et cette dernière avaient six ans d'écart, autant dire qu'elles resteraient toujours deux étrangères, Clotilde perçue comme une intruse, une dévoreuse de territoire. Sa tante était heureuse avant que son beau-frère qu'elle connaissait à peine ne dessoude sa sœur, à qui elle ne parlait plus depuis une éternité. Elle prit sous sa tutelle la petite orpheline afin de lui éviter d'être placée en foyer, mais était incapable de communiquer avec sans avoir devant elle le portrait craché de celle qu'elle avait volontairement écartée de sa vie. Regarder Clotilde dans les yeux, c'était essuyer un mollard.

Ça allait au-delà de la fâcherie. La tante avait dû se préserver. La mère de Clotilde la méprisait, elle était son inverse, son exacte antithèse. Aux livres, la tante préférait les feuilletons ; aux fêtes remplies d'amis, de cigarettes et de bouteilles vides, la concoction d'un gigot de sept heures après avoir fait le ménage, les plinthes passées au coton-tige : l'oncle aimait que ça sente la Javel et le plat mitonné en rentrant du travail. À de multiples reprises, Clotilde avait été témoin de phrases comme *Je ne vois pas comment ma sœur pourrait me manquer, à sa soirée de mariage ils ont joué « La Chenille »*, ou comme *Elle a bac - 5 et elle adore Sardou, dès qu'elle ouvre la bouche on se croirait en enfer.*

La cohabitation était donc difficile. D'autant plus que Clotilde devait appeler sa tante *maman*, son oncle *papa*, et faire croire à ses camarades que sa cousine était sa sœur.

Prononcer ces deux mots, maman papa, la rendait folle, au point qu'elle rêvait de se noyer, de se jeter du pont qui reliait la ville grise à la ville d'à côté, de sortir les longs voiles, de finir comme un grand lys.

Les adultes, autour d'elle, la forçaient à l'oubli, imposant un déni qui lui brûlait le cœur, de grandes flammes rougeoyantes. Clotilde avait écrit un poème sur son cœur qui finissait en cendres, un poème en vers libres où un phénix sortait de l'incinérateur pour leur crever les yeux. Il avait été refusé par la revue du lycée Edgard Quinet, le proviseur le jugeant trop violent et morbide. Le comité de rédaction de *Quinet Littérature* était partagé. Les jeunes personnes ayant autour du cou keffiehs et bandanas utilisaient le mot *censure*, celles accessoirisées de faux gavroches Hermès, de contrefaçons Cartier et de vrais sacs seaux Lancel usaient d'arguments comme *D'un autre côté c'est vrai que c'est glauque ; Il y a incitation au meurtre ; Les descriptions sont dégueulasses ; Pis entre nous, hein, y a plein de phrases où elle se la joue tellement poète qu'au final on n'y comprend rien.*

Le chef d'établissement valida néanmoins la publication de sa nouvelle mettant en scène une fille qui se changeait en renard blanc les nuits de pleine lune, et d'une poignée d'octosyllabes dédiées au Père-Lachaise. Clotilde était contente que ses deux textes soient imprimés dans la revue du lycée, elle ne pratiquait pas de sports, n'avait aucune activité, ce fascicule c'était un peu son trophée, son spectacle de fin d'année. Elle ne s'attendait pas, une fois rentrée, à entendre *Tu ne peux pas t'empêcher de te faire remarquer c'est plus fort que toi, comme ta mère, pourtant t'as vu où ça l'a menée, mais pousse-toi tu vois bien que je passe la serpillière.*

La cohabitation était plus que difficile, et, en présence d'un tiers ou dans l'espace public, le supplice devenait intenable pour les deux parties. La honte, dès le début, fut réciproque. Clotilde se sentait dégradée à l'idée que ses professeurs, ses amis, voient dans cette femme en tailleur vieillot dénué d'épaulettes, adepte de Jacques Chirac et d'*Amour, gloire et beauté*, sa génitrice. Elle les regardait l'interroger, la faire parler, cherchant vainement des points communs, de cela Clotilde était sûre. De son côté la tante avait du mal à assumer sa fiction jusqu'au bout. Être la mère de Clotilde impliquait qu'elle l'ait eue à l'âge de dix-neuf ans. Ça lui semblait trop tôt, si affreusement trop tôt, ça sentait l'accident, le stupre et l'inconscience.

La tante avait pris époux après avoir été catherinette : les filles célibataires de vingt-cinq ans et plus se voyaient affublées d'un chapeau ridicule, en crépon jaune et vert, le jour de la Sainte-Catherine. Une tradition de modiste qui s'était perpétuée jusqu'au grand magasin où la tante officiait en qualité de vendeuse. Toute la journée durant, l'absence d'un homme dans leur vie s'affichait sur leur tête. Certaines se faisaient draguer, les autres on les regardait comme on arpente un zoo consacré aux vieilles filles. La tante faisait partie des causes déjà perdues, aucun petit ami, elle était toujours vierge. Aussi s'évertuait-elle à surjouer l'étiquette de la fille à principes, méfiante envers les hommes et extrêmement sérieuse.

Accoucher de Clotilde à l'âge de dix-neuf ans relevait pour elle de l'inconvenant. Aussi redoutait-elle que des inconnus la jugent comme elle jugeait elle-même de parfaites inconnues. Le sang lui montait aux joues à l'idée qu'on la prenne pour celle qu'elle n'était pas, n'avait jamais été : une fille facile, légère, devenue une fille mère, une fille mère que l'époux avait accepté de sauver en lui offrant son nom, son sperme, une cellule familiale dès lors recomposée, agrandie et soudée. Car si Clotilde trouvait sa tante laide et idiote, répugnée par son rire qui s'achevait en toux grasse, effrayée à l'idée d'être associée à elle, cette dernière éprouvait une forme d'humiliation lorsqu'elle devait assumer son feint statut de mère.

Qu'on puisse l'imaginer avoir enfanté, élevé, éduqué, aimé, cette machine à poison, cette si odieuse réplique de sa grande et feue sœur, ça la gênait infiniment. Le comportement de Clotilde était inadapté, comme ses jupes bien trop courtes, ses chemises à jabot infiniment trop grandes, ses chapelets portés en colliers, le grand carton à chapeaux qui lui tenait lieu de sac de cours et sa façon de répondre, à tout et à tout le monde, d'un ironique *Ah ouais*, la bouche déformée par la morgue.

Clotilde était effrontée, cassante et orgueilleuse, toujours à la narguer de ses mots compliqués, si hautaine et poseuse. Parfois la tante avouait *Je t'en collerais bien une*, tant l'envie d'écraser cette garce d'insolente, maquillée comme une morte une nuit de Saint-Sylvestre malgré l'interdiction de se tartiner le minois, lui tenaillait les tripes. Oui, elle aussi, elle avait honte. Parce qu'en plus du dédain, des remarques arrogantes, cette gosse avait un grain, était totalement cinglée. Tenir tête en hurlant, passer du rire aux larmes, se lever, claquer la porte, elle le faisait tout le temps quel que soit l'auditoire, et le terme *hystérique* s'invitait dans la pièce de plus en plus souvent à mesure qu'elle approchait de sa majorité.

Oh, oui, vraiment, sa tante en avait honte. Toujours à inventer un moyen inédit de faire son intéressante : overdose de cachets en plein cours de chimie ; grève de toute parole, agression par le silence, à la table familiale ; fugue pour aller retrouver un garçon à Paris, fallait le voir, le garçon, au-delà du mauvais genre, même les agents de police avaient cru que c'était une fille ; elle ne s'arrêtait jamais, elle avait le diable en elle : désormais elle dormait avec son dictionnaire.

La vérité c'était que Clotilde, qui détestait le prénom Valérie, dans la ville grise mourait d'ennui, au point de peu à peu perdre sa capacité à ressentir joie et plaisir. En psychiatrie, on appelle l'incapacité d'un sujet à ressentir des émotions positives lors de situations de vie pourtant considérées antérieurement comme plaisantes, l'anhédonie. De *an-*, préfixe privatif, et de *-hédonie*, « plaisir » en grec ancien. C'est un néologisme créé en 1896 par Théodule Ribot, le fondateur de la psychologie comme science autonome, en France. L'anhédonie est un symptôme de dépression lourde, ou de schizophrénie, mais n'est parfois associée à aucun trouble. C'est un désintérêt diffus, la perte de l'élan vital. À tant périr d'ennui, Clotilde était vide à l'intérieur, organiquement anesthésiée. D'autres diront que le choc, le choc traumatique, *l'accident du 30 juin* fut le premier déclencheur. Le fait est qu'ils se trompent, et cela pour deux raisons.

En premier lieu Clotilde était déjà zinzin avant le féminicide, enterrant ses poupées au lieu de les coiffer, scalpant ses Playmobil pour leur faire des cerveaux avec du chewing-gum, sacrifiant des fourmis, des mouches et des limaces afin que Dieu tue son père et que sa mère rentre moins tard. Elle culpabilisa sacrément par la suite, se persuadant qu'en fait, elle était responsable de leur mort à force d'avoir prié.

En second lieu son adolescence se déroula entre le milieu et la fin des années 1980 dans une ville moyenne tellement grise qu'on ne voyait que ses géraniums. Ce n'était pas un terreau très propice à l'apparition et au développement d'émotions positives. Par contre, les pensées morbides y poussaient à foison, bouquets d'orties, ronces barbelées. Clotilde les expulsait par l'encre, papier griffé tatoué, ses cahiers à spirale plus noirs qu'une obsidienne.

Quand Clotilde écrivait, elle avait l'impression que, quelque part, revivait sa mère. Que par la poésie, sa mère n'était pas morte, ne pouvait pas mourir. Elle lui avait transmis les secrets de la métrique, les battements du cœur de Clotilde martelaient la rythmique du moindre alexandrin. La poésie relevait de la pensée magique autant que de l'amour. L'esprit de la défunte faisait office de muse, la transe était ouatée et légèrement humide, comme le ciel du 30 juin juste après dix-neuf heures. Ainsi sa mère vivait, était là, l'enveloppait, dans chaque mot tracé le reflet de son sourire. Parfois devant la feuille mordue par la spirale, la main de Clotilde restait inerte, la plume d'acier muette. Dans ce cas, elle n'insistait pas, elle ne voulait pas brusquer sa mère qui devait avoir besoin de repos. Le vide aussitôt la remplissait et tout avait le goût de rien.

Clotilde manquait de stimuli, alors la pauvre crevait d'ennui et cherchait de quoi lire. Dans la bibliothèque de sa nouvelle famille, de multiples ouvrages des éditions Atlas, les reliures se garnissant au gré de l'achat des fascicules, souvent hebdomadaire. *Histoire de la peinture*, *La France*, *Les Grandes Inventions*, *La Cuisine*. En six à huit volumes que personne ne lisait, et surtout pas Clotilde qui faisait un rejet.

Pour elle ça n'était pas comme le Lagarde et Michard. Elle avait essayé la promenade dans le musée en mémoire de sa mère, l'approche par le patrimoine. Elle n'avait plus que ça, la culture pot commun puisque aucun héritage, pépé Grégoire ruiné au jeu pariait encore au PMU, et une fois mort il ne laisserait que des dettes. Mais feuilleter l'*Histoire de la peinture* ne lui faisait aucun effet, ça lui tombait des mains, les images ne lui déclenchaient rien, aucune fascination qui happe, aucun vertige, aucun appel. Alors elle se rendait à la bibliothèque pour y trouver les livres dont il était question dans le Lagarde et Michard.

Un autre que Rimbaud savait la bouleverser, un autre au nom aussi sublime que l'étaient ses poèmes : Guillaume Apollinaire. Rien, aujourd'hui encore, n'égale pour elle ce qu'il a pu faire dans « La Maison des morts ». Elle se voyait marcher aux côtés de Guillaume, elle l'appelait Guillaume et lui donnait le bras. Ses yeux s'embuaient chaque fois qu'ils se posaient sur certains vers, *Hélas ! la bague était brisée* laissait une trace saline, un sillon sur sa joue. Et encore aujourd'hui, elle ne peut lire à voix haute *Je vous attendrai / Toute votre vie / Répondait la morte*, sans que le grain de sa voix s'éparpille.

Est-ce qu'un choc esthétique peut être considéré comme une émotion positive ? Il n'y avait qu'en lisant de la poésie et des romans que Clotilde se sentait vivante. Et encore, des romans, ça dépendait lesquels. Souvent, elle adorait l'histoire, mais pas du tout comment elle était racontée. Tout ça manquait d'enfant submergé entre deux virgules, elle se perdait dans les descriptions, les dialogues, les rebondissements de l'intrigue, attendait d'être happée par une image, fracassée par des mots, des sons ; quand ça n'arrivait pas, elle était si frustrée qu'on l'aurait dit en manque.

Elle se faisait des shots de Racine, comme on respire le pull d'une morte. Elle aimait la mythologie, priait parfois Hadès de lui rendre sa mère, ne fût-ce qu'une nuit, en songe. Elle ne fut pas exaucée. La nuit, elle rêvait de son père qui pointait vers elle le fusil. Le jour, elle apprenait que les joints faisaient perdre la mémoire. Dès lors le THC devint un puissant allié avant de s'endormir. Clotilde depuis juin 1983 avait peur de basculer dans le sommeil. Parce qu'elle manquait d'y mourir chaque fois, et que si elle survivait, c'était du fait d'avoir été épargnée par le canon du père, par sa seule volonté. Toutes les nuits Clotilde affrontait son statut d'épargnée, de survivante, la grâce du père. Alors évidemment, au petit déjeuner, le réel était difficile.

Le train accélère brièvement, Clotilde se rend compte qu'elle a soif et qu'elle est un peu fatiguée. Elle cherche dans son sac une canette de soda, goût tropical, vertus énergisantes. Elle affectionne les saveurs chimiques, cette mixture lui rappelle le Tang ; les madeleines dans les HLM sont très souvent industrielles.

Aliénation et magie blanche

Des souvenirs en grappe, chacun s'ouvre en corolle ; une texture veloutée agréable sous les doigts. Clotilde plonge en eux et soudainement le ciel se fait couleur valium, le sol en vieux lino aussitôt l'engloutit.

Sa vingtaine fut d'épines, un supplice permanent ; à tout elle s'avérait inadaptée. Elle disait des choses comme : dans le réel je flotte toujours mes yeux se voilent, quand je les ouvre la chambre est blanche comme un grand lys. Mais à son chevet personne, si ce n'étaient ses lectures, Artaud, s'y accrocher comme toutes les jeunes filles mortes, elle se vivait déjà à l'état de cadavre, ressentait ses cellules se décomposer lentement, s'attendait chaque instant à perdre un œil, une dent, à ce que se détache la chair. Elle ne le confiait à personne, consciente que ce n'était pas possible et qu'elle était la seule à être incommodée par cette odeur de pourriture.

Elle se suicidait régulièrement, parfois sans le faire exprès, oubliant juste qu'elle existait au point de ne plus sentir son corps. Les infirmières lui chuchotaient en lui imposant des gouttes roses *Vous êtes jeune et jolie il ne faut pas vouloir mourir*. Elle tentait de leur répondre qu'elle ne voyait pas le rapport mais sa bouche se faisait si sèche, sa langue si racornie, que ses mots se désagrégeaient en frôlant ses muqueuses. Les lavages d'estomac la remplissaient de charbon saturant ses intestins de carbone, elle se répétait : Dedans mes organes sont de suie, j'ai hâte qu'un jour prochain vienne l'autocombustion.

Le personnel soignant observait la patiente dans son pyjama bleu, concluant que son mal était post-traumatique : son cœur saignait tout le temps parce que le mot maman n'était plus, ne serait plus, jamais, non, jamais, prononcé. Deux balles avaient troué sa tête et la robe de Clotilde avait été tachée. Quel que soit l'âge sur sa figure, dedans elle restait petite fille, tellement petite et sans racines qu'elle ne savait plus respirer.

Elle quittait l'hôpital, changeait d'appartement, de ville, d'arrondissement, d'amour, d'amis. De prénom, de surnom, de façon de payer le loyer. Elle écrivait beaucoup pour faire taire les petites voix trop aiguës dans sa tête qui commentaient tout ce qu'elle faisait, disait, voyait, en usant de l'imparfait et parfois du futur. Elle vivait son présent comme s'il n'était qu'un film où tout était permis, où la seule et unique limite était de finir dans le décor.

À la faveur d'une tentative de suppression effectuée dans le 14e arrondissement de Paris, à l'orée de sa trentaine, elle fut transférée à Sainte-Anne, temple des hôpitaux psychiatriques. Elle y rencontra une prêtresse qui portait une blouse blanche et des escarpins Louboutin, vive, gaie, drôle, excessivement intelligente et empathique. Clotilde lui ouvrit son crâne parce qu'elle voyait battre son cœur et qu'ensemble, elles savaient en rire.

La prêtresse établit enfin le bon diagnostic. Prédisposition génétique, maltraitance psychique durant l'enfance, choc traumatique : elle souffrait d'un trouble bipolaire, le terme d'alors était psychose maniaco-dépressive. Elle avait également des symptômes psychotiques, ses croyances la menant à contrer ses hallucinations par des séances de spiritisme afin de faire disparaître le fantôme de son père. Ce que la prêtresse ne lui précisa pas, c'est qu'étant bipolaire, la probabilité d'un décès par suicide était selon les études de 15 à 20 %.

L'envie irrépressible de se flinguer tout de suite, ça s'appelle le raptus, le raptus suicidaire. Une impulsion violente et parfaitement soudaine, le désir impérieux d'en finir sur-le-champ. Conséquence, legs du père : Clotilde fut épargnée mais restait en sursis. Elle se méfie encore beaucoup de sa pathologie, avalant chaque matin son antipsychotique, ne s'approchant pas des fenêtres en étage trop élevé : le raptus suicidaire est un ptérodactyle qui guette au creux de l'ombre les vertiges aguicheurs.

Le trouble bipolaire est caractérisé par une succession d'épisodes maniaques et dépressifs ; ceux de Clotilde à l'époque étaient rapides et inégaux. La dépression était aiguë, la manie brève. Les phases d'hypomanie lui donnaient l'impression que tout était possible, les phases dépressives, que rien n'existait, surtout pas elle. Certains matins, elle avait l'impression d'être lentement dépecée dès qu'elle ouvrait les yeux.

Les bipolaires traversent leurs états émotionnels avec une intensité démesurée, les maîtriser leur est difficile. Clotilde n'était qu'extrêmes, elle brûlait de fureur ou devenait une flaque parfaitement apathique. Ses relations sociales s'en trouvaient affectées, c'est épuisant pour l'entourage, l'humeur cyclothymique. Elle vivait ses amours avec férocité, dévorée par la peur de l'abandon, prête à tout consumer sur le bûcher de l'absolu. Elle se serait fait du mal et en aurait sûrement fait encore davantage, sans le soutien de la prêtresse et la magie de ses ordonnances.

Accepter que le cerveau ne s'en sorte pas tout seul, bien sûr que c'est vexant. Mais Clotilde préfère une ingérence chimique plutôt que d'avoir tout le temps envie de mourir. Elle n'a jamais compris la vanité de ceux pour qui suivre un traitement relève de la faiblesse, qui voient comme une défaite l'apaisement de leurs souffrances. Si ce n'est qu'ils refusent de se regarder en face, s'emmitouflant de déni de crainte de voir leur reflet vêtu d'une camisole. La terreur est si grande face à l'idée de folie.

Les troubles psychiques sont synonymes de maladie mentale, or une société saine qui se veut performante n'a pas à s'encombrer de membres défaillants, de handicaps si sournois qu'ils peuvent être invisibles. Ici chacun se doit d'être efficace, pragmatique, positif. Les fous ne servent à rien, si ce n'est à douter de la réalité, et tous les dépressifs devraient faire un effort. Oui, c'est le mot, un effort. Il ne faut pas oublier que c'est la fin du monde, ce n'est facile pour personne, l'éco-anxiété ronge la cervelle des plus jeunes, les plus âgés hésitent entre le quiet quitting ou faire un burn-out.

Des feignants qui s'écoutent, des larves qui en rajoutent, les dépressifs au fond sont lâches face à la vie. Clotilde entendait ça, et elle l'entend encore. Tout comme l'inéluctable *Mais tu sais que tout le monde a des hauts et des bas*, et autres *On est tous bipolaires si on va dans ce sens-là*, *Tu es juste lunatique*, *Cette maladie n'existe pas c'est une invention des psychiatres et des labos pharmaceutiques.* Que ses troubles soient niés l'estomaque à chaque fois, un coup de poing au plexus. Elle devient incapable de rétorquer quoi que ce soit. Transmettre, raconter, expliquer la souffrance psychique : les mots lui manquent, et en face d'elle, ils ne comprennent pas. Sans en faire l'expérience, ce qui est ressenti reste hors de leur portée, Clotilde n'arrive pas à leur communiquer, elle ne trouve pas d'images, ni de comparaisons.

Sa principale pathologie ainsi que ses symptômes ne peuvent être écartés de ses histoires d'amour. Elle a tout connu durant un demi-siècle, les reproches sur le fait de ne pas être normale, l'infantilisation, le syndrome de l'infirmier, une ribambelle d'accusations portant sur l'influence, l'emprise de sa noirceur, quand elle est engluée dans ses phases dépressives. Ses phases d'hypomanie désormais plus fréquentes, pointées comme harassantes, excluantes, humiliantes, par nombre de ses partenaires : suivre sa frénésie, abolir le sommeil, s'écrouler épuisés alors qu'elle continue ses milles activités leur donnent l'impression d'avoir été passés dans une centrifugeuse et d'en être ressortis transformés en limaces.

En début de relation, elle entend trop souvent *Avec moi, tu vas voir, tu n'auras plus besoin de ton médicament.* Personne ne semble saisir que ces troubles la constituent, font partie d'elle-même, qu'elle a dû apprendre à les apprivoiser. Et qu'arrêter le traitement l'expose au retour du raptus suicidaire qui n'attend que ça pour pouvoir la ravir. Il y a quelques années, elle a quitté quelqu'un qui lui avait dit clairement : *Si tu prends ce médoc, c'est que tu es malade. Et si tu es malade, je ne peux pas te faire confiance.* Heureusement qu'elle n'avait, elle, plus confiance en personne.

Tous semblent désirer que les mots bipolaire et psychose ne soient jamais prononcés. Comme si les taire revenait en abracadabra à jamais les bannir. Clotilde s'étonne souvent, déni, pensée magique : c'est bien eux qui yoyotent. Il va de soi qu'à trois reprises elle a voulu, elle aussi, faire comme si son cerveau s'était par enchantement changé en celui d'une autre. Une nouvelle elle qui produirait beaucoup de sérotonine et serait stabilisée. Elle se sentait si bien, son enfance était loin et ses cycles silencieux. La boîte était vide, renouveler son ordonnance plus à l'ordre du jour. Elle se sentait différente, infiniment vivante et ancrée dans le réel. Des années de traitement, elle voulait faire une pause. Voir ce que ça donnerait de marcher sans béquilles, après tout elle n'avait plus d'hallucinations. Ce n'étaient pas des béquilles mais un exosquelette : par trois fois cela s'est fini par un internement.

Un quart de la population française est sous psychotropes : anxiolytiques, antidépresseurs, somnifères, neuroleptiques. Le peuple des pyjamas bleus est de tant tellement proche, une épée de Damoclès en coton toujours rêche. Tous redoutent de perdre la tête, comme si les troubles mentaux pouvaient être contagieux.

Clotilde refuse de se sentir diminuée parce qu'elle a besoin de son exosquelette. Rien ne doit pouvoir la désigner Victime. Au fond de ses pupilles s'étend si cru un ciel d'orage, Clotilde s'est construite sur des marais de fange que sa colère assainit. Elle se lève animée par l'esprit de revanche, l'écriture un outil de vengeance et de réparation. Elle quitte son lit pour partir à la guerre : cela fait plus de vingt ans qu'elle transforme en ouvrages le mal qu'on lui a fait ou que l'on vient de lui faire. Le Petit Robert dit : « Ouvrage. n. m. Ensemble d'actions coordonnées par lesquelles on met quelque chose en œuvre, on effectue un travail. »

Le talion vaut pour tous, absolument chacun. Le père, tout comme les membres de cette cellule malade, famille dysfonctionnelle. Et bien sûr chaque personne ayant blessé son cœur, entaillé son ego, poignardé sa raison, fait de ses nerfs des cordes dans le but qu'elle se pende avec. Toujours les mots pour armes, la syntaxe en égide, scansion en bouclier. Aujourd'hui, il est loin, son statut de victime. La poésie peut ça, la poésie peut tout. Tout du moins le croyait-elle. Jusqu'à ce que dans son cœur se déclare un incendie.

Dans le wagon un bruissement, l'entrée de deux contrôleurs, Clotilde pousse le puzzle et sort son téléphone pour qu'il se fasse bipper. Elle se demande ce qui va bientôt se passer en elle, dans quel état d'esprit se fera son retour, ce qu'elle va concrètement faire une fois à Heidelberg. Elle attend que le silence reprenne ses droits peu à peu, observe l'obscurité se déverser dans le ciel derrière la vitre criblée fantômes de gouttes de pluie. Devant elle, sur la tablette, ses souvenirs fondateurs sont luisants tant ils suintent, ils sont, elle le sait, le cœur de ses histoires d'amour. Autour se cousent en patchwork ses affects de femme à motifs de tombeau où saignent des géraniums, puisque ça ne sert qu'à ça, se guérir de l'enfance, au fond, les histoires d'amour. Clotilde introduit sa main dans le tréfonds de son crâne, elle palpe son dedans pour en sortir la suite.

Lève-toi et marche

Sous la grappe de souvenirs qu'elle vient de poser sur la tablette du train, le plastique fond légèrement ; l'odeur n'est pas discrète mais rien ne semble troubler les quelques voyageurs tout près de s'assoupir. Clotilde se brûle les doigts en assemblant les pièces, le puzzle peu à peu se forme, un rond troué en son milieu. Elle attrape la plus grosse pièce, mauve, brillante et glissante, du mercure améthyste. En regardant à travers, on devine qu'au-dedans se jouent des matriochkas. Elle la place tout au centre, un cœur de mandala. C'est par ce souvenir qu'elle entre dans l'énigme qu'il lui faut décrypter.

Dedans, c'était le début du mois de décembre, dix-sept mois juste avant ce court voyage en train. Clotilde nimbée de gloriole lissait ses frais lauriers, quelques semaines avant son tout dernier roman avait reçu un prix littéraire important. Elle traversait une phase d'insolente bonne fortune, tout ce qu'elle entreprenait, disque, clips et scénarios s'enchaînaient sans encombre. Sa vie avait présentement la forme qu'elle avait désirée : elle était seule et libre, sans aucune ingérence, travaillant sans relâche, enchaînant les nuits blanches, accédant à la transe les doigts sur le clavier sans que jamais personne gémisse comme un enfant *Dis, tu viens te coucher ?*

Elle chérissait son célibat, le couple, elle en avait assez. La charge mentale, la charge psy, les plages horaires, les compromis ; la rythmique régulière et son gris lénifiant. Le partenariat domestique s'était souvent imposé en réponse à sa survie économique, ce n'était pas un élan, une pulsion viscérale de contempler l'autre ronfler. Plus le temps passait plus elle assimilait la vie de couple à un évier, un évier en inox, avec sa vieille éponge qu'il serait temps de changer, mais tout le monde a la flemme de passer au Franprix.

Sa conception de l'amour relevait du suprême absolu, exigeant qu'un corset lui enserre taille poitrine et qu'on l'emmène danser sur les ruines d'Heidelberg. Il lui fallait des flammes, des promesses surannées, des marques d'engagement ; elle était exclusive. Réciproque nécessaire, sinon le ressenti portait le mot trahison. Elle savait ce que c'était d'être trompée, par des hommes, par une femme. Là-dessus elle avait nombre de certitudes : le mensonge n'est pas genré ; la souffrance est la même, l'humiliation aussi. La colère avait été plus grande face à la femme parce qu'elle était déçue qu'une sœur qu'elle croyait âme se comporte en mâle alpha.

Elle se définissait comme bisexuelle, mais les femmes lui faisaient de moins en moins d'effet, et elle n'en avait pas connu tant que ça. Elle était forcée de constater que la dernière qui l'avait touchée avait broyé ses illusions, saccagé le paysage du royaume utopiste : elle avait été le trophée d'une séductrice à tête de faon, qui l'avait soudainement plantée juste à l'orée du bois pour une proie génitalement plus audacieuse, après l'avoir cornardée à clito rabattu. Jamais un homme, non, aucun homme, ne l'avait traitée de la sorte. Et pourtant, les connards, elle avait pratiqués. C'était il y a quinze ans, soit plus que l'éternité, mais elle ne s'en remettait pas. Sa confiance envers les guérillères était morte avec sa candeur et l'espoir d'un amour certifié sororal. Tout ça l'avait comme écœurée. Ça, et la frénésie sexuelle de Mademoiselle tête de faon.

Elle était alors retournée vers les hommes, avec eux elle ne risquait rien : elle les savait lâches et jouisseurs, égoïstes et sans empathie, la déception restait absente. Il va de soi que sa préférence allait à des gars gringalets et si possible dégingandés, incapables de l'étrangler ou de la pointer avec une arme : elle avait beau vieillir, elle avait encore peur. Elle allait d'histoire en histoire, s'ennuyait ferme très rapidement, *Chérie y a quoi à manger ce soir ? – J'aurais aimé te faire un enfant – On regarde quoi comme film viens voir – Arrête de manger du fromage tu te rends bien compte que t'as grossi.*

Longtemps Clotilde avait cherché à être sécurisée, mais aussitôt qu'elle l'était, le confort psychique l'anesthésiait, elle suffoquait dans le ouateux cocon tissé si joliment à deux. Elle devait donc partir. Mais quitter le cocon signifiait le détruire, laisser radicalement en plan l'autre qui ne l'avait pas vu venir. Clotilde n'avait pas le choix. Et tandis que le cocon se délitait à s'en évanouir, Clotilde en papillon s'envolait vers le ciel qui était rarement bleu. La pluie avait le chic d'inonder ses ruptures ; à moins que ce ne soit elle qui guettait le moment où la lumière donnerait plus de cernes aux carreaux.

Les histoires d'amour finissent mal, alors à quoi bon commencer. Bien sûr, très secrètement, Clotilde désirait croiser quelqu'un qui lui plairait, quelqu'un qui la regarderait de l'ardeur plein le cristallin. Quelqu'un qui provoquerait en elle des montées de dopamine, le trouble et le vertige, des cimes d'exaltation. Elle ne pouvait pas se mentir : toute seule elle s'ennuyait un peu. Le couple au quotidien, le lieu de vie commun étaient désormais exclus, mais parfois elle se disait que ce serait bien d'avoir un partenaire de jeu. Quelqu'un avec qui rire pendant la fin du monde, partager des activités culturelles et sociales sous-titrées de tension sexuelle, aller de fêtes en afters en dansant sous la neige ; quelqu'un qui s'intéresserait à ce qu'elle fait et lui roulerait des pelles au clair de lune avant qu'elle ne porte un dentier. Mais ça, elle le refoulait, depuis quelque temps elle le niait, tentant de cureter son inconscient. Elle ne pouvait pas le souhaiter, ces pensées entraient en contradiction avec un ressenti prégnant, de plus en plus envahissant : elle ne supportait plus les hommes. Mais alors vraiment plus du tout.

Il va de soi que par *les hommes*, il faut surtout entendre : les hétérosexuels. Néanmoins pas seulement, particulièrement depuis le #MeToogay. Jusque-là elle pensait que la violence masculine ne s'exerçait que sur les femmes, et bien sûr les enfants. Ces récits de rendez-vous qui se changeaient en cauchemars, pénétration forcée et fin en PLS, ça l'avait complètement retournée. Depuis, dans son cerveau, plus rien n'était rangé pareil. Le dossier *Culture du viol* se trouvait en haut de la pile, ce qui avait une incidence sur sa vie quotidienne. Elle ne savait plus où regarder pour ne pas être en colère. Espace public, privé, intime. Partout la voix les mains des hommes, saturation tympans captation façonnage des désirs et imaginaires. Le monde leur appartient, comme les corps qui s'y trouvent. Des agressions sexuelles et des féminicides, des injonctions toxiques, un règne systémique. Quand Clotilde traverse la ville, certains pissent devant elle en pleine rue. Sur les bancs les banquettes ils écartent bras et cuisses ; des bêtes, des animaux qui marquent leur territoire.

De plus en plus souvent, elle s'imaginait développer une forme de pouvoir psychique permettant par la seule pensée de leur faire exploser la bite dans un joyeux jet de viande hachée. Elle voulait réaliser un court métrage là-dessus, une communauté de filles qui ont toutes cette capacité, le don de faire imploser des phallus. Elle voulait appeler ça *Phallers*, comme *Scanners* de David Cronenberg. Elle avait trouvé le producteur, lui le diffuseur, mais néanmoins le financement se révélait compliqué. Visiblement, ça n'amusait pas franchement les membres des commissions, des braguettes de relous qui brûlent et des queues d'agresseurs qui soudainement implosent ; le gore était déjà en soi un genre peu soutenu, elle ne pouvait pas s'attendre à des applaudissements. Alors à défaut de pouvoir transférer à l'écran ses visions grand-guignolesques, Clotilde se contentait de prendre quotidiennement son cachet d'aripiprazole, de façon à ce que ces images ne deviennent pas trop invasives. Quand on est bipolaire et un peu psychotique, mieux vaut anticiper.

Elle ne supportait donc plus les hommes dans leur globalité, sachant pourtant combien c'est mal, très mal, de généraliser. La pensée se fait craie, l'esprit tombe des falaises. Mais Clotilde était poreuse aux embruns du moment, elle observait la quatrième vague féministe libérer la parole, et cette parole, en déferlante, exprimait à toustes ce même réel : prédation et domination ; impunité sociale, ombilic culturel. Elle ne pouvait plus aimer les hommes, c'était beaucoup trop lui demander.

Elle était obligée de se définir comme misandre, même si le terme ne lui convenait pas tout à fait. Misandrie, ça vient du grec ancien, *misos* « haine » et *aner* « homme ». Le Robert en ligne dit que c'est « Le fait d'éprouver de l'aversion pour les personnes de sexe masculin », précisant « opposé à misogynie ». Clotilde éprouvait de l'aversion pour les personnes exerçant le pouvoir patriarcal, pas pour tout être humain doté de testicules. En fait elle était juste antiphallocrate, mais le terme semblait éculé. Ce qu'elle détestait, ce n'était pas le couillidé par essence, c'est ce qui le constituait socialement et culturellement ; ce qu'elle méprisait, c'était son orgiaque brutalité à s'emparer de tout ce qu'il trouve. Seulement, évidemment, ça soulevait des questions.

Le féminisme radical est-il compatible avec une histoire d'amour hétérosexuelle ? Tant que les privilèges ne seront pas abolis, comment ne pas se dire je couche avec l'ennemi, et se projeter tondue à la Libération ? Clotilde tenait autant à ses cheveux qu'à la chute du patriarcat. C'est pour ça qu'elle scotomisait l'idée même de souhaiter les bras d'un homme. Le fantasme du partenaire de jeu entrait dans son cerveau en conflit avec sa misandrie, engendrant une tension interne que rien ne pouvait apaiser. En psychologie sociale, on appelle ça la dissonance cognitive.

Certaines personnes ont une psyché capable d'accueillir, d'accepter contradictions et paradoxes : ce n'était pas le cas de Clotilde. Conscient et inconscient étaient trop occupés chez elle à gérer l'alternance de ses épisodes maniaques et de ses phases dépressives, ainsi que son syndrome de déréalisation. Pour des questions de survie psychique, elle devait être cohérente.

Le privé est politique, l'intime l'est également. Aussi faire jouir un homme était peu à peu devenu pour Clotilde un acte insupportable, tant sa perception de ce monde relevait du gang bang permanent. Sensation que les trottoirs étaient gluants de sperme, que les murs se fissuraient sous la puissance de leurs râles, que les orgasmes des ogres régissaient toute la société. Elle se refusait à concrètement y participer. Elle suivait le mouvement de ses grandes sœurs, elle se levait et se cassait, elle trouvait ça sain et logique. Le seul problème, c'était pour aller où.

À celles qui répondaient que devenir lesbienne était la solution, Clotilde rappelait qu'on ne choisit pas, qu'on n'entrait pas en lesbiennat comme dans les ordres, manquerait plus de se soumettre à des stages de conversion. Elle ajoutait souvent que la désertion des hétéras vers le royaume des guérillères supposait que Goudouland soit l'Armée du Salut, ce qui finissait par être en soi problématique.

Une révolution de mœurs ne fait pas couler de sang mais reste néanmoins une révolution. Clotilde se demandait si la Violette devait compter quelques martyres, et quel était le profil socio-psychologique de celles qui tomberaient dommages collatéraux. Lutter contre le patriarcat impliquait de sacrifier certains désirs intimes, que s'emballent ses ventricules n'était peut-être, dans son cas, plus à l'ordre du jour. Clotilde ne trouvait pas ça très gai, mais après tout le bonheur ne l'est pas non plus.

Être affectivement autonome s'imposait comme ligne de conduite, sous peine d'avoir le cœur qui suppure de l'aigreur et l'âme enduite de frustrations. Alors depuis quelques saisons la peau de Clotilde scintillait sous le célibat et l'abstinence, tous ses pores irradiaient l'éclat de la volonté. Dans son crâne il n'y avait plus aucune tension interne. Elle avait enterré toute envie de romantiquement et sexuellement relationner avec quiconque. Le deuil s'était fait sans une larme, l'affaire était réglée, le dossier

Vie sentimentale jeté hors de la pile. Depuis Clotilde se déployait. Une ablation cardiaque et l'extinction des feux : là se trouvait le secret qui rendait tout possible.

Elle voulait que plus jamais ne lui pousse une crinoline, s'était organisée pour cela. Elle avait listé les fonctions qu'elle recherchait chez son partenaire idéal, les avait attribuées une à une à des personnes de son cercle amical, était partie plus loin en quête de partenaires spécifiques pour chaque activité, créative, culturelle, sociale. Les affects circulaient mais sans tension sexuelle ni enjeux amoureux. Elle s'en sortait très bien avec son bricolage. Elle n'était pas frustrée et jouissait de l'équilibre. Et puis, évidemment, il a fallu que soudain il se passe quelque chose, sinon il n'y aurait pas de livre.

Même recyclé en cintre, le boomerang toujours revient

L'aube était d'encre en ce début décembre, Clotilde rentrait d'une soirée chez Judith, son amie journaliste, pilier de son cercle proche. De toutes les créatures habitant l'univers, Judith était sa préférée. Si solaire que Clotilde, flottant en société comme l'ombre d'un astre mort, venait s'y réchauffer. Judith était en couple avec François depuis dix-sept ans et ils avaient une fille devenue adolescente, c'était l'unique famille que Clotilde fréquentait. Sans eux, tous ses Noël, elle les aurait passés seule. Ou dans ces dîners dits *Le Noël des orphelins* où le coma éthylique sévit avant la bûche. Judith avait organisé à Clotilde une fête en l'honneur de son prix, toute sa petite bande était là, à effectuer avec elle de primesautières chorégraphies sous une pluie de paillettes.

Judith approchait de la cinquantaine, tout comme Adélaïde et Bérangère, que Clotilde adorait, mais en vrai, moins que Judith, ce qui se voyait de temps en temps. Elle les avait rencontrées presque en même temps, il y a une grosse quinzaine d'années. Judith l'avait invitée à une émission qu'elle animait à la radio, elles avaient vécu un coup de foudre amical, s'étaient comme reconnues instantanément et avaient un lien très puissant.

Adélaïde, elle, avait apprivoisé Clotilde. Elle était son attachée de presse, aussi Clotilde se demandait si Adélaïde ne se forçait pas inconsciemment à la trouver aimable et très intéressante. Le travail d'Adélaïde, c'était de la défendre, de la vendre, de la faire apprécier, aimer, par le plus de personnes possible. Pour son confort psychique, il valait mieux qu'Adélaïde voie en Clotilde une sœur dont l'œuvre lui importait. Elles étaient devenues amies à un Noël des orphelins où elles avaient été toutes les deux invitées et les seules à n'avoir pas pris de champis. Être entourées de gens qui perçoivent une fusion entre l'espace et le temps devant un poulet castré rapproche énormément.

Adélaïde très vite lui avait présenté Bérangère, son amie d'enfance. Directrice d'une agence bancaire, elle leur permettait à toutes de vivre à découvert. Divorcée depuis seize ans, elle ne voulait que des amants et en trouvait toujours, même avant les applis. Son fils avait la vingtaine et ne votait pas comme elle ; depuis petit il portait son pull sur les épaules et avait toujours refusé de partager son goûter. Que Léo soit de droite, c'était le drame de sa vie, elle se sentait responsable, outrageusement coupable, et cherchait sur le divan ce qu'elle aurait dû faire, ce qu'elle avait fait de travers, pourquoi elle avait merdé pourquoi elle merdait autant pourquoi elle merdait toujours. En analyse depuis douze ans, elle ne progressait pas mais sa psy, grâce à elle, ne s'habillait que chez des créateurs. Adélaïde en vain lui conseillait d'en changer ; Judith pensait que Bérangère devait faire le deuil de son mini-Moi ; Clotilde, elle, comprenait le traumatisme et voulait que tout le monde se cotise pour lui payer des séances d'EMDR ; Hermeline se taisait pour ne blesser personne, en priant pour qu'après sa FIV sa femme n'accouche pas d'un garçon.

Hermeline avait trente-cinq ans, elle avait connu Clotilde, déjà amie avec les trois autres depuis un an, lors du lancement d'un de ses livres dans une librairie. Hermeline était encore étudiante en art, Clotilde avait trouvé en elle une petite sœur et elles ne s'étaient plus quittées. Hermeline était la plus jeune des cinq, mais quand la petite bande ne pratiquait pas la magie et ne prévoyait pas une réunion non mixte en comité restreint, elle comptait aussi Wilfried, qui, lui, avait trente ans tout rond.

Clotilde le fréquentait depuis treize ans, il avait participé à un atelier d'écriture qu'elle animait dans son quartier. Il venait alors d'avoir son bac et se destinait à devenir dramaturge, metteur en scène et comédien. Aujourd'hui son métier, c'était d'être scénariste. Il était très mal payé pour écrire des versions de films qui ne voyaient jamais le jour. Il faisait un peu l'acteur, s'entichait sur les tournages de garçons hétéros et donc inaccessibles. Pleurait des litres d'eau salée ; de Clotilde était un petit frère qu'elle essayait de protéger. C'était pas toujours facile quand dans le verre de Wilfried se trouvait du GHB. Les enfants et les femmes ne sont pas le seul gibier, et être à son image ne préserve pas du chasseur.

Les cinq de la bande étaient là et la fête avait été merveilleuse, Clotilde se félicitait d'être si bien entourée. Une fois rentrée chez elle, elle nourrit la chatte, une siamoise du nom de Citrouille, sublime et parfaitement caractérielle ; troqua ses bottines contre des mules ornées d'un pompon de plumes réduit à l'état de moignon, au satin noir marqué de profondes et fines griffures ; jeta ses vêtements sur le canapé, revêtant le lilas trépassé d'une robe de soie lavée à chaud et constellée de trous de boulettes, sur laquelle elle enfila, en guise de robe de chambre, une vieille et longue pelisse de renard blanc. Ce faisant elle soupirait, comme lorsqu'elle mettait, loin des regards, ce genre d'habit poilu.

Il était, depuis plus de quinze ans, devenu inconcevable de porter dans l'espace public la dépouille d'animaux cruellement exploités jusqu'à l'équarrissage. Ça revenait à s'afficher en manteau de dalmatien. Clotilde avait intégré la souffrance animale, elle n'achetait plus de vêtements impliquant de dépecer d'adorables lapins. Ceci étant, toutes ses fourrures avaient été acquises en seconde main, pour ne pas dire beaucoup plus. Du coup, elle se posait des questions. Est-il plus monstrueux de se pavaner dans du renard mort autour de 1960 ou de balancer sa peau aux ordures comme on le ferait d'un vieux chiffon, pour se racheter tous les deux ans une parka contrefaite dont la fermeture pète, à la toile enduite de la sueur et du sang de Ouïghours ? Clotilde avait remarqué que la plupart des personnes qui lui faisaient la morale, quand elle osait encore user ses fourrures dehors, portaient des baskets de marques célèbres pour exploiter jusqu'à la moelle les humains au sein de leurs usines ; ça l'agaçait terriblement.

Elle augmenta le chauffage et prit place sur son siège en plastique et acier, devant son ordinateur. Elle aimait changer le réel en phrases quand elle rentrait de soirée, quelle que soit l'heure ; toujours, avant d'aller dormir, elle travaillait un peu. Parfois toute la journée en oubliant le sommeil, faire des tours de cadran lui arrivait souvent, ça dépendait de ce qu'elle écrivait. En ce moment elle était sur une commande pour une collection féministe, un texte sur la façon dont elle percevait les changements liés à la Violette, à l'impact de la quatrième vague. Le titre c'était *Aujourd'hui Mesdames*, elle n'avait pas encore de plan, elle comptait développer le côté petites chroniques. Elle ouvrit le document et ses doigts commencèrent à presser les touches du clavier.

Elle se demandait si elle n'avait pas pendant la fête trouvé un point de départ plus ancré et concret qu'une intro théorique. Partir d'une anecdote, une scène qu'elle venait de vivre. La liesse avait été totale, jusqu'à ce que, durant un instant, sur le ruban harmonieux, d'un coup d'ergot se fit un accroc. Un débat de coqs inquiets de perdre leurs plumes s'était engagé dans le salon, tous amis de Clotilde, mais néanmoins heurtés par sa vision des hommes, lui reprochant d'avoir tenu à la radio des propos outranciers qu'ils jugeaient presque dangereux, qui leur faisaient de la peine, qui les poussaient à lui demander si elle continuait bien à prendre son traitement.

Clotilde s'apprêtait à quitter fermement cette conversation pour rejoindre les filles et Wilfried qui dansaient, quand soudain s'effectua un mouvement en tenaille : à sa droite le fayot *Moi je suis féministe*, à sa gauche le Ouin-Ouin *On n'ose même plus draguer*. Les deux la prirent à revers, chouinant en stéréo *Quand même, Clotilde, les mecs, y en a des bien*. Aussitôt son corps se figea, à croire sa chair changée en plâtre. Elle sentit ses lèvres se craqueler, sa mâchoire s'entrouvrir, sa gorge se déchira et un fou rire nerveux, aigu, interminable, se répandit dans toute la pièce, lacérant la musique, s'écrasant contre les vitres, transperçant les tympans de l'assistance médusée. Niveau pédagogique, elle faisait un burn-out.

Clotilde dans sa pelisse poursuivait son travail, elle métamorphosait en mots des petits bouts tout frais prélevés de sa mémoire, injectant des images, floutant les personnages pour tout réinventer. Citrouille grimpa dans un feulement en haut des étagères branlantes, faisant trembler une plante aussi grasse qu'assoiffée et choir une coupelle noire remplie de cristaux chargés lors la dernière pleine lune. Les pierres s'éparpillèrent en se brisant sur le parquet tandis que les dents de la chatte entaillaient les feuilles vertes.

Clotilde ne cilla pas, elle était dans sa bulle, une bulle dont la paroi était tellement épaisse que même une catastrophe ne pouvait la fissurer. Elle continua sa prose, de paragraphe en paragraphe, conclut qu'il lui faudrait dans un chapitre à venir dresser une liste de conseils pour aider ces messieurs à accueillir le chemin de la déconstruction ; puis ferma le document et songea à ses mails, non consultés depuis la veille.

Le soleil grelottait derrière les rideaux fins, la siamoise quitta l'étagère, abandonnant la plante amputée, pour d'un bond se lover sur les genoux de sa maîtresse. Elle se laissa caresser puis lui mordit les doigts et partit s'installer au milieu du divan. Clotilde but une gorgée de Coca sans sucre, s'alluma une Lucky et cliqua sur l'icône. En consultant les messages reçus, la stupeur lui défit les traits, sa main se crispa sur la souris pointée sur l'un d'entre eux. *Guillaume Richter – Sauvé des eaux*. Ce nom, elle l'avait oublié depuis des poignées d'années, après l'avoir elle-même jeté au fond de l'abîme. Il lui semblait, ce jour un peu froid de décembre, parfaitement étranger, extérieur à son cœur autant qu'à son esprit, au point qu'évidemment, elle ne se méfia pas, comme si les mots de Guillaume Richter étaient inoffensifs, comme si le Verbe n'avait sur elle aucun pouvoir ; comme si la poésie n'avait aucune emprise, comme s'il n'existait pas de spectre des braseros.

Elle ouvrit donc ce mail titré *Sauvé des eaux* et aussitôt une bulle, bien sûr encore une bulle mais cette fois différente, se forma autour d'elle. Ce n'était pas une bulle, d'ailleurs, c'était plutôt une boule, une boule en plexiglas qui, quand on la secoue, fait tomber des flocons sur le dôme d'un souvenir. Et pendant que Clotilde sentait se raviver des pans de sa mémoire, happée par des visions éclatantes et intactes, de la gueule de la chatte jaillit, dans un hoquet fébrile, engluées de salive, des pelotes de poils courts mêlés de chlorophylle.

Au creux de la boule à neige

L'année précédant l'Apocalypse Maya, Clotilde avait décroché le graal des résidences, la Villa Médicis. Depuis 1666, l'Académie de France à Rome accueille pour douze mois un peu plus d'une quinzaine d'artistes, toutes disciplines confondues. Un logement et une bourse de trois mille cinq cents euros mensuels sont attribués aux lauréats, qui peuvent se consacrer pleinement à leur travail, le temps de cette parenthèse suprêmement enchantée. Clotilde habitait alors une mansarde dont les deux Velux n'étaient pas étanches, elle avait une carte Electron et était fichée Banque de France ; aussi l'acceptation de sa candidature releva pour elle de la salvation.

Elle avait trente-huit ans et se préparait donc à entamer un nouveau cycle existentiel. Elle était seule et libre, prête à tous les possibles, et cela sur tous les plans. Elle sortait de quatre ans d'histoires sans intérêt après une courte jachère qui avait suivi le départ de Mademoiselle tête de faon. Elle avait beaucoup écrit durant cette période, des livres de littérature expérimentale, de courts romans d'autofiction : *J'habite dans mon frigo*, *Le jour je suis Prue Halliwell*, *Bien sûr que si*, *Il est beau mon caveau*. Son projet à la Villa portait sur Messaline, impératrice bacchante, morte d'avoir été dénuée de toutes limites, son image effacée car déjà dans l'Antiquité sévissait la cancel culture. Messaline oubliée, Messaline réécrite, Clotilde avait envie de défendre cette figure passée de l'historique au quasi légendaire.

Sa situation financière était telle qu'elle dut recourir à ses amis pour régler son dernier loyer et organiser son déménagement. Sa bibliothèque était déjà dispatchée dans des caves, la majorité de ses affaires subit le même sort. Elle emporta deux valises contenant son ordinateur, ses petites enceintes, sa trousse de maquillage, son exemplaire dédicacé de *Rose poussière*, des livres sur Messaline et des vêtements exclusivement noirs, ou noir et blanc. À cela s'ajoutait une malle, à laquelle elle avait confié son nécessaire à magie et quelques robes couleur d'orage parfaitement merveilleuses qu'elle gardait précieusement sans jamais oser les porter.

Il y avait eu maints rebondissements lors des préparatifs, le départ avait tardé, si bien que Clotilde passa la porte de la Villa la dernière, toute dernière. Quand elle arriva, ils étaient installés depuis près d'une semaine, les membres de sa promotion. C'était début avril, il était quatorze heures. Une fois le taxi payé, il lui restait en poche un peu moins de dix euros. Elle avait faim, envie d'un soda caféiné à l'aspartam, et de pouvoir fumer sans compter son demi-paquet de Lucky. On l'installa dans l'aile gauche du palais, sur la passerelle, une grande, très grande pièce avec mezzanine. Elle ouvrit les hautes fenêtres donnant sur les jardins à la française et la fontaine en marbre, contempla l'étendue stupéfiante de sa chance, tandis qu'une image très ancienne glissait le long de ses rétines.

Un souvenir en calque, polaroïd surimpression, une vue vertige neuvième étage, l'année suivant la mort de ses parents, chez pépé Grégoire et Mamina, la HLM de Trappes, l'ocre des bâtiments, les arbres jeunes et malingres, l'aire de jeux désossée, les bosses du toboggan, la terre couleur de glaise, l'herbe écrasée de boue. Tout était désolé, et laid, et sale. Clotilde avait onze ans, le malheur l'accablait, le décor en écho, les conditions étaient propices à la venue de la Grande Pulsion. Elle entendait le vent céder sous les ailes du ptérodactyle. Le raptus suicidaire, première confrontation. Depuis, dès qu'elle vivait une situation outrageusement joyeuse, qu'elle éprouvait profondément contentement, joie, satisfaction, plaisir, son cerveau lui envoyait ce fragment du passé, comme pour lui rappeler combien avoir résisté à la défenestration constituait en soi une bonne chose, qu'elle avait bien fait de ne pas mourir, que toutes les épreuves traversées avaient valu le coup.

Après s'être congratulée face à tant de beauté et de privilèges, Clotilde se demanda, accoudée à la fenêtre, comment tenir jusqu'au virement qui ne serait effectué qu'à la fin du mois. Elle avait exposé sa situation de crevarde high level au directeur avant de partir. Toute avance était impossible. Elle ne connaissait aucun de ses tout nouveaux camarades, comment faire pour leur emprunter de l'argent. Comme elle était perdue, elle se tira les cartes. À ce moment-là une pensionnaire vint sonner à sa porte afin de se présenter. Ses longs cheveux blonds mangeaient sa petite quarantaine, son corps était si fin qu'il frôlait le maladif. Elle s'appelait Rebecca, elle était scénariste et à peine entrée dans la pièce son regard fut attiré par les lames de l'Oracle de Belline retournées sur la table. C'est ainsi que Clotilde trouva la solution : échanger ses talents de cartomancienne contre un prêt. Rebecca accepta tout de suite, interrogeant Clotilde sur son avenir sentimental.

Ce qui sortit ne laissait pas de doute, la consultante était éprise d'un homme puissant et reconnu qui officiait dans le domaine artistique. Cet homme était marié, leur relation adultérine maintenait Rebecca sous emprise et relevait de l'illusion. Rebecca était blême et Clotilde ennuyée. D'autant qu'elle ne maîtrisait plus ce que prononçait sa bouche au fur et à mesure qu'elle poursuivait le tirage, des tas d'informations lui venant à l'esprit au-delà de ce que chaque carte signifiait en elle-même. L'homme était plus âgé, beaucoup plus âgé qu'elle, il avait trois enfants, ne quitterait jamais sa femme avec qui il était lié aussi dans le travail ; Rebecca était loin d'être sa seule maîtresse, il ne cherchait que son plaisir et la rendrait malade ; sous peu ses affaires le mèneraient en Italie, des rendez-vous seraient pris et des lapins posés, il partirait ensuite, pour ne plus jamais la revoir. Elle s'entendit même dire *Fuis avant que ça te détruise ; je vois que tu as une famille que cette histoire abîme, accepte que ce soit la fin.* Rebecca encaissa et remercia

Clotilde dans un état quasi second. Elle promit de repasser dans la soirée avec deux cents euros en liquide, que Clotilde s'engagea à lui rendre à la fin du mois.

À peine une heure s'était écoulée. Clotilde achevait de vider ses valises quand à nouveau quelqu'un se présenta chez elle. Il s'agissait de Bertille, plasticienne de son état, une grande brune dont les ongles étaient rongés au sang. Elle avait croisé Rebecca et était au courant du deal. Elle venait vérifier que son conjoint ne la trompait pas et que son galeriste était fiable, pour ça elle était prête à avancer trois cents euros. Le tirage la rassura, elle partit enchantée et tout comme Rebecca informa ses voisins qu'une voyante compétente se trouvait parmi eux. Bientôt tous défilèrent dans le petit appartement, ce qui permit à Clotilde de cerner les personnes qui durant une année allaient peupler son quotidien. Tout le monde était en couple, des couples qui allaient mal dans la plupart des cas : l'Oracle de Belline n'était pas nécessaire pour prévoir l'implosion des cellules gangrénées. Tout le monde était en couple, mais surtout en famille, du pus plein les jardins une fois l'abcès crevé. Ces petits tête-à-tête donnèrent à Clotilde l'occasion de tester frontalement le lien qu'entretenait chacun avec l'ésotérisme : elle comptait pratiquer dans le bosco des rituels qu'elle ne pouvait mener seule, elle devait recruter.

Clotilde se rapprocha très vite de Rebecca et Bertille qui, outre leur intérêt pour la magie, partageaient avec elle l'idée que le décor dans lequel elles évoluaient devait être l'occasion de s'amuser un peu. Une sorte de jeu de rôle fut mis en place, quelque chose qui relevait de l'autofiction grandeur nature. La Villa devint un royaume hors du temps, où le moindre événement était réécrit de façon romanesque et un peu surannée. Chaque pensionnaire fut affublé d'un surnom et d'objectifs fictifs, ironiques et loufoques : cette grille de lecture rendait le quotidien infiniment cocasse. Toutes trois se renommèrent à leur tour : parce qu'elle possédait un diadème de pacotille au fond de sa malle, Clotilde devint la Reine ; Rebecca choisit Air, son initiale en élément, elle disait que le vent reflétait son humeur ; Bertille décida d'être une reptilienne et se fit appeler la Visiteuse. Le trio devint la Triade et s'inventait tant d'aventures que se rendre au supermarché relevait de l'épopée homérique.

Elles ne portaient que des robes sublimes, des accessoires extravagants, utilisaient le vouvoiement, sacrifiaient leurs talons aiguilles au contact des graviers, arpentant les allées de la Villa en riant. La nuit, quand tous dormaient enfin, elles se rendaient dans le bosco pour invoquer des entités femelles, puissantes et ancestrales. Un soir Air demanda à la Reine de l'aider par un sort à obtenir l'amour de son fameux amant qui, comme l'avaient prédit les cartes, commençait à lui faire faux bond. Clotilde n'était pas très à l'aise : cet homme était marié, or dans son panthéon intime, il y avait Héra, la déesse protectrice des femmes, mais aussi des unions légitimes. Elle redoutait que cet acte ne la mette en colère.

Clotilde chercha dans ses manuels de sorcellerie un rituel adapté, attendit la pleine lune et le réalisa. L'homme sortit de son silence, Rebecca s'en fut le rejoindre en Toscane le temps d'une nuit torride. Le sort ne dura pas. Son tournage italien achevé, l'amant reprit sa vie et ne répondit plus. Air sombra aussitôt dans une dépression lourde, pleurant dès le réveil, perdant sommeil, appétit et sens de l'humour. Ses deux nouvelles amies étaient démunies. Le conjoint de Rebecca, venu à la Villa avec leur fille âgée de cinq ans, souffrait épouvantablement de la situation. Il aimait sa compagne, savait ce qui la rongeait. Clotilde ne trouvait pas très sain ce qui se jouait chez Air, mais ne voyait pas comment dénouer autant de névroses. Elles ne se connaissaient que depuis trois semaines, aussi conseilla-t-elle à Rebecca de faire venir sur place quelqu'un de compétent. À défaut d'un psychiatre, il lui fallait une personne proche, très proche, le choix se porta sur son meilleur ami et confident.

C'est comme ça que Clotilde rencontra Guillaume Richter. Rebecca le lui avait dépeint comme une personne brillante et excessivement drôle. Il avait trente-neuf ans et elle le connaissait depuis une décennie, il était réalisateur, des films plutôt baroques et expérimentaux. Son surnom, c'était le Monstre, les monstres c'était son truc, créatures ou motifs, ses œuvres en regorgeaient. Clotilde se réjouissait de sa venue prochaine, Air n'était plus qu'un amas d'os surmonté de cernes, au point que son enfant répétait à tout le monde *Ma maman va mourir.* Clotilde savait que Guillaume venait en voiture, mais elle oublia le jour de son arrivée. Bertille était partie exposer à Paris, secrètement soulagée de quitter cette tragédie qui ne la regardait pas.

Quand Clotilde traversa l'allée des orangers pour se rendre chez Air, rien ne laissait présager ce qui l'attendait là-bas.

La baie vitrée était ouverte, Rebecca et son conjoint calés dans de vieux fauteuils fumaient silencieusement, leur fille dessinait à leurs pieds des petits bonshommes sans tête qui formaient une ronde autour d'un volcan en éruption. Le diadème sur ses cheveux abusivement crêpés, l'éventail en plumes d'autruche à la main, Clotilde les informa qu'une fête ce soir était donnée chez un des pensionnaires, celui dont l'épouse portait des Crocs, et qu'il était urgent de trouver une excuse plus valable que la dernière pour ne surtout pas y aller, d'autant qu'il fallait apporter une quiche. Sa tirade achevée, le divan accueillit son évanouissement feint, tandis que retentissait un rire dans la cuisine voisine. Un rire clair et plaisant, qui ranima Clotilde. Elle se releva, curieuse, tandis que Guillaume les rejoignait.

À quoi tient un coup de foudre ? D'après les scientifiques, c'est la vue et l'odeur qui en sont les déclencheurs. Lorsque Guillaume entra dans la pièce, il était bien trop loin pour que Clotilde puisse renifler sa peau et son parfum. C'est un détail physique qui activa le mécanisme, poussant immédiatement son cerveau à produire de la phényléthylamine en quantité industrielle. Guillaume était doté d'une physionomie avenante, l'ébouriffé de son châtain avait quelque chose de charmant, le grain de sa peau était si fin qu'il appelait l'effleurement, mais ses lèvres étaient un peu minces, ses iris d'un brun sombre on ne peut plus répandu ; il était plutôt svelte mais n'était pas très grand. Ce qui bouleversa Clotilde, la happa, la ravit, ce fut la perfection de l'arête de son nez, un nez comme un museau, dont l'os en sa racine avait dû connaître une fracture, un nez long, pointu, parsemé de taches de rousseur, qui lui donnait l'air d'une souris. Clotilde raffolait des minois évoquant les traits des rongeurs, incisives mises à part. D'où lui venait cette attirance, elle l'ignorait, mais ils lui procuraient un vrai choc esthétique et des pulsions sexuelles.

Sa bouche se fit si sèche qu'elle crut un court instant que sa langue s'était changée en un tas de feuilles mortes et que tous les automnes lui enflammaient le palais. En son for intérieur, Clotilde s'écria *Quelle merveille que cet homme*, alors que des fourmis rouges dévoraient tous ses membres. Guillaume lui sourit en plissant ses yeux bruns soudain piquetés d'éclats cuivrés, fauves, acajou. Le salon s'évapora et aussitôt ils disparurent dans un nuage de sucre glace, tandis que le silence s'épaississait tellement qu'il leur empoissait les bronches. Les molécules de saccarose s'infiltraient prestement, changeant leur cœur en pomme d'amour, engluant de sirupeux leur système nerveux central, tout en faisant scintiller leur peau. Ils étaient tous deux suspendus, flottant dans le tourbillon poudreux. Clotilde tendit sa main, Guillaume pressa ses doigts, un afflux de dopamine et de norépinéphrine confirent dans l'instant leur sourire, béatitude glacée, figée dans le glucose ; ce qui n'échappa nullement à Rebecca et son conjoint. Ils observaient la scène avec stupéfaction, pendant que leur enfant dessinait des bonshommes qui se jetaient dans le volcan bouche ouverte sur une bulle marquée d'un SOS au tracé dyslexique.

Clotilde se présenta, son souffle était si court qu'elle chuchota : *la Reine* comme si elle se mourait. Guillaume répondit : *le Monstre*. Leurs pupilles se dilataient sans qu'ils se quittent des yeux. Leurs cerveaux produisirent alors de l'adrénaline, le Monstre eut un rire nerveux et le cœur de Clotilde menaça d'imploser. Pour la première fois de sa vie, Clotilde eut envie de plaquer quelqu'un contre le mur. Une pulsion prédatrice, l'envie irrépressible de l'embrasser rageusement, comme un trou dans le ventre qui vous colle le vertige en éternel retour. La Reine décida que le Monstre serait sien ; elle se dit donc je veux et j'obtiendrai demain.

Guillaume avait prévu sorties et rendez-vous pour divertir au mieux son amie Rebecca. Clotilde dut les laisser jusqu'au lendemain soir, où elle les rejoignit dans un palais romain, sur une autre colline. La vue happait les sens et les pins parasols déchiquetaient la nuit. De la fête où la Reine entreprit le Monstre, Clotilde n'a plus aujourd'hui le moindre souvenir. Hormis des rires et de l'air chaud, le flou d'une terrasse sous des colonnes, le goût du champagne et des spritz. Une information, néanmoins, Guillaume au détour d'un récit utilisa le terme *pédé* pour se décrire lui-même. Clotilde l'entendit sans s'en formaliser. La réappropriation de l'insulte était monnaie courante et elle considérait que tout le monde était bisexuel, que l'attirance se jouait de personne à personne, qu'aucune catégorie touchant à l'orientation sexuelle n'était immuable. L'herbe était forte, Rebecca ivre, il est possible qu'ils aient dansé puis qu'Air se soit éclipsée seule ; oui, c'est possible qu'ils aient dansé. Ce qui est certain c'est qu'ils riaient, le Monstre et la Reine, ils riaient, à briser toute la verroterie.

Du retour en taxi, il ne lui restait rien, ni de l'entrée dans la Villa. Les escaliers, elle s'en souvenait, ils glissaient s'esclaffaient en se tenant par le bras. Ils traversèrent la passerelle, direction son appartement, aile ouest, vue sur les jardins, mezzanine. Elle le plaqua contre la porte et il se laissa embrasser. Ses lèvres se firent presque charnues quand il l'embrassa à son tour. Il la suivit étage et chambre, ils n'avaient pas de préservatif, toute la nuit fut à leurs seize ans, ils s'adonnèrent au flirt poussé que le vouvoiement rendait grisant ; Clotilde s'en trouvait transportée. C'était parfaitement délicieux.

Guillaume repartit pour Paris. Clotilde dès le lendemain lui envoya un mail s'achevant par *À quand vous voulez*, auquel il répondit tout de suite. Dès lors, ils s'écrivirent tous les jours, la Reine et le Monstre, tous les jours. Romançant le réel en se mettant en scène, changeant leur quotidien en récit agencé à la troisième personne. Le geste était similaire à celui que Clotilde effectuait dans ses livres : ils pratiquaient ici une forme d'autofiction. Spontanée, jaillissante. À la langue mouvante, à la fois drôle et poétique. Guillaume avait un sens aigu des métaphores autant que de l'humour, ses mails déroulaient des images que parfois Clotilde lui enviait, connivence et éblouissement.

Elle avait essayé à chaque nouvel amour de jouer à deux avec l'écrit. Mais quel que soit le registre produit, du sonnet parodique à l'envolée lyrique, ce qu'elle recevait en retour la décevait toujours. Aimer sans admirer lui était difficile ; parfois la pauvreté stylistique, l'usage de tournures banales confinant au médiocre, les figures rebattues, le lexique attendu, dégradaient malgré elle l'objet de son désir. Guillaume n'était pas écrivain au sens de romancier, son domaine c'était le cinéma, il écrivait des scénarios, réalisait des films. Il dessinait, aussi. Un trait à l'ancienne, maîtrisé, reproduisant à volonté des fragments de réel, des détails d'œuvres d'art. Il faisait des portraits de la Reine qu'il lui envoyait en pièce jointe ; d'inspirer tant le Monstre, la Reine se trouvait flattée au-delà du raisonnable. Ils se racontaient leurs journées, se tenant informés du lever au coucher, s'inventant plus que des codes, une langue. Au fond, une langue commune, c'est ce que se créent les couples qui fonctionnent, mais l'écriture donnait à ce fait du relief. Leurs phrases prirent peu à peu la forme de vers libres, retour à la ligne, mails en colonne, comme s'il s'agissait morphologiquement de poésies. Clotilde se pâmait de les lire comme de les écrire.

Bientôt le réel fut trop étroit et au creux de leurs mails ils se mirent à tracer les contours d'un décor. Ainsi par une nuit calme, dans un message du Monstre, une clairière poussa. Une clairière à l'herbe plus verte que l'espoir même serti d'émeraudes, qui s'étendait sereine jusqu'à l'orée d'un petit bois. Ils s'y retrouvaient la nuit, s'aventuraient à tour de rôle au-delà du cercle d'arbres, s'enhardissant hors de la trouée blanche de pâquerettes, découvrant une rivière aux eaux profondes et noires, des monticules de pierres blanches, une grotte, un lac ; une carte du Tendre. Ainsi naquirent des paysages, dans lesquels ils se glissaient, en partant, des baisers délicatement pliés dans du papier de soie, confiés aux bons soins d'une biche, déposés entre deux fougères. Ils s'aimaient d'un amour nourri d'imaginaire, n'usant jamais du tu et de moins en moins du nous. Ils disaient elle et il. C'est ainsi que leur histoire est devenue *elleetlui*.

Est-ce que la poésie suffit pour que vive une histoire d'amour ? Est-ce que ça se tricote avec des mots, une langue, plutôt qu'avec des gestes et des mouvements du corps, une histoire d'amour ? Les montées de dopamine quand elle lisait Guillaume, Clotilde avait beau retourner tous les casiers de sa mémoire, à ce point, non vraiment, jamais ça n'était arrivé. Parfois l'émoi était si vif que toutes les petites voix dans sa tête se pâmaient dans un râle avant de s'évanouir. Aussi Clotilde avançait-elle parfaitement en confiance, persuadée que la clairière rejoindrait le réel. Le printemps était doux, le décor magnifique, Clotilde était sûre d'elle au point de délaisser l'Oracle de Belline. Mais si les cartes se taisaient, elles n'en pensaient pas moins.

La poésie, parfois, c'est la vie-cinéma

Le Monstre avait un amant de longue date, pour Clotilde il était absolument évident qu'il ne tarderait pas à le quitter. Pour accélérer le processus, la Reine faisait de la magie noire. Elle invoquait Lilith, Messaline, Junon, Diane, Minerve. Elle arpentait les temples et déposait ses vœux dans des fontaines de marbre, traversait l'allée des orangers de la Villa en répétant en boucle une formule d'envoûtement pour que Guillaume Richter ne puisse plus que l'aimer. Sauf qu'il l'aimait déjà, oui, mais à sa manière.

Guillaume revint à Rome, appelé par Rebecca qui faisait une rechute : son homme marié venait de rompre officiellement, la sommant de ne plus jamais reprendre contact avec lui. Clotilde se doutait que Guillaume devrait passer beaucoup de temps chez Air, en tête à tête, sans elle, à l'autre bout du parc ; que, seule, elle devrait l'attendre. L'attendre car elle souhaitait plus que tout l'embrasser. Dès qu'elle reçut le scan de son billet d'avion, autour de sa date d'arrivée s'enflamma le compte à rebours. Le trou dans le ventre s'agrandit au point de lui manger tout le corps. Clotilde prit le taxi comme une calèche jusqu'à l'aéroport, dans une robe noire brodée de plumes, le diadème sur la tête, l'éventail à la main. Il était midi trente, le low cost avait du retard, elle resta sans bouger de peur de perdre une seconde de ce temps partagé elleetlui dans le réel.

Les retrouvailles furent un ravissement. Ils tremblaient et riaient, se regardaient s'embrassaient se détaillaient se serraient ne se lâchaient pas la main. Des étincelles cramaient le fond de leurs pupilles, qui peu à peu se dilatèrent, rendant mouvante, instable, la couleur de leurs iris. Sur la banquette arrière, les baisers ne cessaient pas, ni les soupirs gonflés de joie ; ils avaient un contour, elleetlui s'incarnait, chair et os déposés sur de la moleskine, traversant Rome vers le mont Pincio.

Ce qui s'est passé ensuite, Clotilde s'en souvient bien. Parfois l'abandonnisme laisse des traces au cutter, le souvenir de la douleur réduit le cœur en bouillie. À peine Guillaume entré dans l'enceinte de la Villa, Rebecca le kidnappa, et il se laissa faire, sans cesse il se laissa faire, du lever au coucher, répondant à l'appel comme un chien bien dressé. Alors, bientôt, ce fut la guerre, elles se disputèrent violemment le favori, chacune usant de ses armes, Clotilde des baisers et Rebecca des larmes, le Monstre se laissait ballotter, passif mais impliqué, c'était étrange à voir. Clotilde se demandait si c'était par lâcheté ou parce que secrètement cela le ravissait d'être un objet de désir au centre de l'attention.

Aussi, en dépit de la splendeur des décors, des baisers éclairés d'un nuage de lucioles au sommet d'une Rome alanguie, Clotilde dut recourir à d'autres lieux d'accueil, retrouver le Monstre ailleurs, dans un espace juste à eux. La première occasion fut liée à un déplacement professionnel de Guillaume à Londres, la Reine proposa de l'y rejoindre, après avoir fait des repérages par le biais d'internet. Il fixa le rendez-vous au cœur de la Tate Britain, devant *La Mort de Chatterton* d'Henry Wallis. Puis ce fut Vienne, Lisbonne, Venise, Florence. L'un se glissait près de l'autre à l'ombre d'une œuvre d'art, d'une fontaine féerique, parfois là où avait été tournée une scène de film. Ainsi dans le réel se déployait elleetlui, une extension de leur carte du Tendre, des territoires miroirs de la clairière électronique.

Elle changeait les chambres d'hôtel en prairies et les salles de bains en cascades, arrivait les valises pleines de cristaux, d'étoles, de bougies ; partait en quête de lys et de roses fraîches, parsemait de leurs pétales le sol à la moquette épaisse ou le parquet en point de Hongrie. Lui connaissait toujours un angle d'escalier où chutait la lumière dans un éclaboussement qui rendait leurs visages plus beaux qu'un film muet. Il connaissait les lieux de splendeur, ça faisait partie de sa culture, il mettait en scène elleetlui, il en avait la compétence, l'herbe était forte, le flou artistique, chaque minute une séquence de la vie-cinéma. Sa bourse de pensionnaire, Clotilde l'employait à rembourser ses dettes et à produire un film sans caméras.

Le Monstre ne lui accordait jamais plus de deux nuits, parfois même, à Paris, juste le temps d'un dîner au champagne. La Reine ne comprenait pas qu'il soit insaisissable, elle redoutait sa fuite à peine était-il arrivé. Il avait le sens du rythme, même au sein de leurs échanges épistolaires, faisant silence au pire moment, réapparaissant à l'instant même où colère ou chagrin amorçaient leur venue. D'un mot, d'un trait d'esprit, Guillaume faisait disparaître des jours des heures de rage, de sentiment d'abandon. Clotilde en était dépendante, son humeur était liée aux mails qu'elle recevait. Elle était persuadée de l'aimer comme jamais elle n'avait aimé personne, le pire étant que c'était vrai.

Huit mois passèrent ainsi, puis s'imposa novembre. La Reine se savait acculée au réel dès le printemps prochain, la fin de sa résidence, de son adresse à Rome, luxe calme et volupté. Elle se demandait comment allait s'accommoder de Paris la vie-cinéma. Elle envisagea donc Guillaume Richter comme partenaire. Elle aurait bientôt quarante ans, avait besoin que derrière le flou se dessine une promesse d'engagement, elle était épuisée de tant de cycles passés, d'expériences poussées à l'extrême, de rupture en rupture, de deux pièces en trois pièces, de trois pièces en studio. Elle se disait aussi qu'ils avaient un avenir, elleetlui, livres ou films qu'ils écriraient ensemble. Elle avait toujours rêvé de ça, écrire à deux, créer de l'art en vivant une histoire d'amour. Mais en était-ce bien une ? L'entourage de Clotilde était très réservé.

À l'époque où Clotilde bloquait sur le Monstre à Rome, WhatsApp n'existait pas. Appeler à l'étranger coûtait alors un rein et trois globes oculaires ; le seul recours, c'était Skype, ce qui impliquait donc d'avoir pris rendez-vous. Clotilde décida de perdre de vue tout le monde, amis de ses anciennes vies, camarades plus récents de Mademoiselle tête de faon, ex avec qui pourtant les rapports étaient fluides. Elle ne garda que celles et celui qui deviendraient son officielle petite bande. Leur lien était tout frais, bien que tissé de promesses d'indéfectibilité, trois ans avec Judith, Adélaïde et Bérangère, deux avec Hermeline, quant à Wilfried cela faisait à peine un an que Clotilde était devenue pour lui une sœur aînée.

C'est autour de l'inquiétude, du souci que toustes se faisaient pour leur Tueuse devenue gourdasse en crinoline, que le groupe se souda. Iels redoutaient que Clotilde ne s'égare dans une histoire absurde qui absorbait son énergie, sa puissance créatrice gaspillée dans des mails, son temps de résidence détourné de son objectif. Son livre sur Messaline n'avançait pas vraiment, Guillaume prenait trop de place, infiniment trop de place, elle gâchait son séjour et risquait de s'en vouloir le jour où ses esprits lui reviendraient enfin. Clotilde leur répondait que pour faire de l'autofiction il faut d'abord aller jusqu'au bout du réel, pour pouvoir s'en remettre ensuite à l'écriture avec ce qu'on y a trouvé.

Les mails et la clairière, elleetlui, cette histoire, relevaient d'un événement qu'elle devait explorer. Le vivre était nécessaire, suivre l'intensité jusqu'à s'y consumer était un risque à prendre, ça faisait partie du pacte, la vie et l'écriture toujours étroitement liées. Or leur correspondance, Clotilde le voyait bien, sans tenir du travail, de l'œuvre, sans forme organisée, sans techniques romanesques, oui, leur correspondance, c'était de l'autofiction. Un livre pour juste eux deux, une intrigue qui galope, des chapitres qui s'écrivent, une expérience unique et donc prioritaire : les remarques de ses amis, Clotilde les balayait avec la même vigueur que si elles avaient été un essaim de mouches bleues.

À la Villa aussi, la méfiance s'imposait. Marie, une historienne de l'art dont Clotilde s'était rapprochée depuis sa rupture avec Rebecca, s'offusquait de l'avoir vu attablé avec des amis, riant en italien, pendant que Sa Majesté se morfondait au fond de sa mezzanine. Bertille lui répétait que la passion est un jeu, et qu'un jeu ce n'est pas l'amour. De la rive droite aux escaliers de la place d'Espagne, toutes les voix s'accordaient, persuadées que Guillaume ne quitterait pas l'amant, que Clotilde pour lui n'était qu'un amusement, une fiction passagère où il jouait un rôle, en l'occurrence celui d'un hétérosexuel, ce qui, pensaient-iels, tenait pour lui de l'exotisme. Clotilde n'écoutait rien, absolument personne. Pour elle l'intensité était d'ordre historique, elle était folle du Monstre, n'avait que lui en tête, sa raison était morte, son instinct de survie totalement trépané.

Ainsi ce fut novembre. Il était convenu que Clotilde rejoigne Guillaume à Paris. Elle passerait la nuit chez lui, et le lendemain ils prendraient une voiture direction la Bourgogne, où une charmante maison leur était prêtée pour quatre jours. La Reine n'en dormait plus depuis plus d'une semaine, par cent fois elle avait refait sa valise, composé ses tenues, imaginé des scènes bucoliques et osées. Aussi crut-elle mourir lorsqu'à l'aéroport, la compagnie Easy Jet lui annonça que son vol était surbooké. Elle dut attendre des heures, manquant ses rendez-vous prévus dans la journée, assistant au total délitement de son programme, n'arrivant qu'à minuit au tréfonds du Xe arrondissement de Paris.

Elle descendit du taxi sous une pluie glacée qui sut la détremper en moins de trente secondes. Sa valise était imposante et ses talons aiguilles glissaient. Elle leva les yeux vers la fenêtre allumée au troisième étage, sourit à l'épaisseur des rideaux rouges, sortit son téléphone pour y retrouver le code. Un sms surgit à cet instant précis. Dans le creux de sa paume, tandis que l'eau du ciel lui congelait la moelle, elle lut : *Ne montez pas. Stéphane est là, il sait tout, il menace de se suicider.*

Que l'amant ait un nom et la capacité d'agir dans le réel, Clotilde n'y avait pas pensé. Pourtant, le réel, c'était sa place à lui. Guillaume n'avait rien dit, il ne l'avait pas quitté, ne comptait pas le faire. Il l'aimait depuis cinq ans, il l'appelait l'amant mais c'était ce qu'on nomme plutôt un petit ami. La Reine était si prise par la vie-cinéma qu'elle en avait oublié que le Monstre n'était pas vraiment Guillaume Richter, juste une partie de lui, une extension, l'incarnation de possibles. Là où Clotilde se contentait de pousser les curseurs, sans modification profonde de son identité, Guillaume effaçait des données, devenant, disait-il, *un homme neuf.* Se prendre un vaudeville dans la gueule, Clotilde n'apprécia pas des masses. Et comme elle était très têtue, en plus d'être orgueilleuse, elle ne pouvait admettre d'avoir vécu cette absolue humiliation pour rien.

C'était la toute dernière épreuve, Guillaume allait bien finir par comprendre, admettre, qu'elleetlui était déjà un couple. Parce que l'intensité de ce que chacun ressentait ne pouvait être que de l'amour. Elle était la première femme dont il s'éprenait, ça le déstabilisait, il avait construit sa vie son travail sa surface sociale en se définissant comme gay. Entrer avec une femme à son bras, quand bien même cette dernière serait-elle drama queen, c'était s'affirmer bi, et ça, pour des raisons qui échappaient totalement à Clotilde, il semblait que le Monstre n'y tînt pas tellement. Peut-être que ça lui donnait l'impression de se renier lui-même, de commettre une forme de trahison, l'opacité de sa psyché maintenait la Reine dans l'ignorance, ce qui nuisait grandement à l'élaboration d'une stratégie. L'urgence devint de lui expliquer combien s'assumer bi ne remettrait pas en cause chaque strate de son identité : elle devait le rassurer.

Le lectorat averti aura soin de noter que si Guillaume se comportait de manière plus que discutable, Clotilde avait bien souvent à son contact de vilaines réactions de patriarcateux. Elle l'avait plaqué contre la porte, maintenant elle voulait lui expliquer ce qu'il ressentait pensait en lui tapotant la main d'un air condescendant. Il va de soi que ce fut un échec, le rendez-vous au café le lendemain fut une boucherie. Tous les deux hurlèrent fort, si fort que les vitres tremblèrent. Guillaume disait des choses comme *haine des ultimatums, vous voulez comme Stéphane me couper les deux bras, je ne comptais pas choisir*. Il se posait en victime, attendait d'être plaint. Clotilde se demandait si pour la première fois elle ne rencontrait pas enfin Guillaume Richter, elle qui n'avait eu affaire qu'au Monstre : cet homme-là, elle ne le connaissait pas. Ça lui fit un tel choc, qu'une merveille capable de reproduire aux crayons de couleur *La Mort de Chatterton* pour la lui offrir un soir sur un grand parchemin se révèle soudain aussi médiocre que couard. Elle se sentait trompée, acculée à admettre que tout était biaisé, hors de l'espace poétique, aucune relation possible. Ainsi, la Reine partit.

Les petites voix dans son crâne hurlaient tellement aigu qu'elles menaçaient de fissures les deux os pariétaux. Certaines n'y croyaient pas, ne voulaient pas y croire, elles restaient figées dans le silence, ou tentaient d'apaiser d'un souffle d'espoir leurs sœurs, *Calmez-vous je vous promets que tout va s'arranger, Ce n'est qu'un épisode dans l'histoire d'elleetlui*. Mais elles ne consolaient ni ne soulageaient personne. La trahison avait écorché la psyché, chaque voix était à vif, le Moi comme épluché par la lame en acier d'un très large économe.

Clotilde dut se soumettre à la réalité : durant ces huit mois, elle avait été la maîtresse, malgré elle, la maîtresse, elle qui s'était toujours refusée à relationner avec une personne déjà prise. Elle se demanda si cette histoire ne tenait pas du choc en retour. Elle avait pratiqué la magie pour que Rebecca obtienne les grâces de son homme marié, peut-être qu'Héra, déesse des femmes autant que des unions légitimes, l'avait mal pris, au point de lui jouer un sale tour.

Le lendemain la Reine entra dans la clairière en y mettant le feu, égorgeant biches et faons, débitant le banc en assez de planches pour en faire un cercueil RIP elleetlui. Elle eut, durant des mois, dans le ventre non plus un trou mais un couteau pointu triturant ses boyaux. Son souffle se coupait dès qu'elle ouvrait ses mails, ses sanglots éclataient au gré des crises de manque. Consciente que cette absence qui la hachait menu ne serait jamais comblée : au fond le Monstre n'avait jamais réellement existé, le Monstre était une chimère qui lui avait fait l'amour dans des draps tellement frais qu'ils sentaient la prairie. Elle se dit que leur histoire ne relevait que de la fiction, une fiction mise en scène, qu'ils écrivaient chaque jour. Faire le deuil d'une fiction, c'est refermer un livre, ou plutôt dans son cas lâcher le manuscrit. Elle devait renoncer à une forme d'écriture.

Ainsi Clotilde se dit qu'en fait, poésie et amour ne menaient qu'au naufrage : cernés par la Beauté, l'épiderme et les sens flattés par l'éclairage poussaient toujours les amants à devenir un mensonge. Juste après la Villa elle se mit en ménage avec un homme si prosaïque que certains de ses mots semblaient à Clotilde anguleux. Rien n'était romantique, chaque instant raisonnable construisait le décor d'un quotidien doucereux, ordinaire, confortable. Ensemble ils allaient au Franprix renouveler les éponges de leur évier en inox, durant plusieurs années Clotilde renonça à l'appel de la valse sur les ruines d'Heidelberg, tentant de se convaincre qu'elle détestait les roses autant que les surprises.

Guillaume revint vers elle quelques mois après le carnage, pour lui souhaiter son anniversaire. Elle lui répondit violemment, crûment, en utilisant le tutoiement, exigeant de lui un silence définitif. Le souvenir de l'intensité était pour elle désormais assimilé à une composante relationnelle toxique. Guillaume ressurgit quelquefois, les années qui suivirent, mails de trois lignes en carte postale : une plage au Portugal où se découvrait sa cuisse marquée en cicatrice par le talon aiguille de la Reine lors d'ébats trop furieux ; une fontaine italienne au fond rutilant de vœux ; une lune un peu trop pleine dans le ciel brumeux de Londres. Clotilde gardait le silence, elle l'avait prévenu, elleetlui était mort, elle allait l'oublier. Leur histoire n'était rien qu'une simple illusion, c'était facile d'oublier ce qui n'avait pas existé. Clotilde s'appliqua et elle réussit. De la clairière en flammes il ne resta que des cendres, Clotilde se refusa à les mettre dans une urne pour ne rien conserver au fond de son cerveau.

Ainsi de sa mémoire, Guillaume fut effacé. Mais vraiment, littéralement scotomisé. Au point que ce prénom ne lui évoquait plus rien, tellement plus rien du tout qu'elle en avait usé pour un personnage masculin on ne peut plus secondaire au sein de son dernier livre. C'est pour ça que revenait le Monstre : il l'avait lu et avait cru que Clotilde s'adressait à lui. À lui qui se savait jeté au plus profond des abysses, assigné à l'oubli, sentence en soustraction. D'où son mail envoyé en ce début décembre, la décennie suivante, comme un souvenir flottant, titré *Sauvé des eaux*.

Chassez le naturel, il en fait un garrot

Pour bien saisir la profondeur du vertige qu'éprouva Clotilde en lisant le mail de Guillaume, son rapport à l'oubli, ses formes d'amnésie se doivent d'être évoquées. Clotilde oubliait tout, ce qui n'est pas étonnant attendu qu'elle avait jusqu'à ses trente-deux ans voué un culte au Xanax et fumait depuis toujours comme un joueur de djembé. Une mémoire altérée, l'hippocampe en charpie. Elle avait peu de souvenirs de ce qu'elle avait écrit, ses livres lui échappaient aussitôt achevés. N'en demeuraient que les grandes lignes et quelques sensations. Aussi avait-elle oublié avoir nommé Guillaume ce personnage secondaire, ce qui l'amenait sincèrement à ne strictement rien comprendre face à ce retour soudain.

Alors si c'est de moi dont vous parlez / Page tant, paragraphe tant / Permettez-moi de m'émouvoir. Mais de quoi s'agit-il ? Elle se leva direction l'étagère vérifier dans le livre, le feuilleta, et son corps se changea en menhir, ce qui inquiéta Citrouille à cause des fissures sur le parquet qui se propagèrent jusqu'au divan. Clotilde lut dans son roman ce prénom qu'elle pensait effacé à jamais par la force de sa volonté, réalisa qu'elle avait oublié l'avoir écrit pour mieux enfouir encore cette transgression ultime ; crut voir son inconscient lui cracher au visage.

C'était un acte manqué. Clotilde en faisait peu généralement, très peu. De la même manière, elle ne somatisait presque jamais. Son inconscient se tenait tranquille, la plupart du temps. Tout du moins le croyait-elle. Les actes manqués résultent d'une intention, un désir inconscient s'en trouve assouvi. Clotilde à cet instant dut s'avouer qu'au fond d'elle le souvenir du Monstre était resté vivace, son envie d'elleetlui tragiquement impérissable, au point que ses propres bronches soufflaient dans un appeau. Découvrir qu'une part d'elle appelait cet amour mort à la résurrection, ça lui fit donc l'effet d'héberger dans sa tête une entité néfaste, parfaitement masochiste.

Elle eut peur, soudainement. Et sa frayeur grandit au fur et à mesure qu'elle lisait la colonne construite en longues strophes : elle sentait sur son front pousser un diadème, tandis que dans son ventre s'amorçait une trouée. Tout était familier, la langue du Monstre, intacte. Il revenait à elle lui rappeler elleetlui, en faisait le récit dans sa propre version, celle d'un homme emporté, ravi, *un homme en laisse*. Un homme qui avait subi l'oubli irréversible, le choix de Sa Majesté, les abîmes mémoriels. *Je n'ai pas essayé de lutter/Je vous écris juste aujourd'hui/Puisque à vous parfois je pense/Et qu'engloutie notre histoire fut/Tenez, elle est là/Votre mémoire ici même en pièce jointe/elleetlui en point doc/Du fond des âges sauvé des eaux.*

Est-ce que ça peut mourir, le souvenir d'une histoire d'amour ? Est-ce qu'un trou dans le ventre ne demande pas qu'à s'ouvrir en dépit des sutures qui l'ont cicatrisé ? Est-ce qu'un souvenir vivant à vous trouer le ventre pourrait être de l'amour ? Clotilde, ouvrant le document joint, se posait ces questions.

Toute la correspondance, il l'avait conservée, trois cent cinquante-trois pages, les huit mois d'elleetlui. En parcourant le document, message après message, Clotilde s'évanouit dans un nuage de plumes pour retomber dix ans en arrière, tandis qu'un souffle romain s'engouffrait dans son cœur. Elle traversait l'histoire de la Reine et du Monstre en constatant que décidément, jamais, avec personne, ses émotions n'avaient été si denses, ses sentiments aigus à faire saigner la peau.

Carl Gustav Jung disait que l'amour est la rencontre de deux névroses. Cette formule contrariait Clotilde, elle s'en sentait exclue car, étant bipolaire, elle appartenait de fait au peuple des psychotiques. Ainsi avait-elle adapté cette phrase clef à son cas et celui de ses semblables, considérant que l'amour était une affaire de pathologies compatibles. En cela, elle avait tort. Les pathologies compatibles concernent le couple, quand il fonctionne. L'amour peut être la rencontre de deux pathologies qui se déclenchent et s'expriment jusqu'à l'embrasement. Or de façon consciente ou pas, Guillaume Richter attisait ses troubles psychiques, à jouer à chat souris chaud froid, à ne la sécuriser sur rien et la faire grimper au plafond. Surtout, la structure de l'histoire en elle-même, sa grammaire, sa conjugaison, le fait de ne jamais dire *je* mais toujours *elle* activaient la dissociation, menant tout droit Clotilde à la dépersonnalisation et à la déréalisation. Elle se détachait de son propre corps, son regard se faisait extérieur ; en marchant dans la rue lui venait la sensation de lentement se dissoudre, comme du sucre dans de l'eau rougie de géraniums.

Clotilde observait le document *elleetlui* en traquant ses sorties de route, constatait l'amplitude de ses phases maniaques, identifiait, dix ans après, confusion et bouffées délirantes. Anticipait la crise en germe, la prévoyant d'ici trois mails ; commettait à ce jeu peu d'erreurs. Elle acheva le parcours des trois cent cinquante-trois pages, convaincue de son diagnostic. Elle s'en était toujours doutée, maintenant elle en avait la preuve. À deux reprises, elle avait été proche de la décompensation. Guillaume Richter la rendait folle, cette relation était toxique, son inconscient si imprudent, le Monstre constituait un danger, cette donnée était officielle.

Elle s'abstint de lui répondre mais ne put s'empêcher de taper son nom sur Google. Il y avait peu de photos récentes, son portrait de référence était le même qu'il y a dix ans, il y posait de quasi-profil, le museau adorable et le regard brillant. Cette image, elle l'avait tant et tant contemplée qu'à peine ses rétines s'y posèrent, son plexus se creva et sa nuque se raidit. Une chaleur insoutenable, à faire bouillir son sang, lui dévora le souffle ; son désir pour le Monstre reflua des profondeurs. Elle retrouva, inaltérée, la puissance de ses transports, elle fut submergée, et son instinct de survie lui fit claquer le rabat de son ordinateur.

Est-ce que ça se réactive, le circuit du désir ? D'avoir trop associé cette photo de Guillaume à l'état amoureux, une sorte de réflexe relevant du pavlovien se trouvait-il stimulé ? Est-ce que ça se décide, se contrôle réellement, l'extinction du désir et l'enterrement de l'amour ? Clotilde alla se coucher en redoutant que son cœur ne lui livre une réponse qui la laisserait esclave des cendres de la clairière.

Elle était épuisée par ses excès de la veille et sa lecture l'avait jetée dans les bras de l'après-midi. Pourtant le sommeil ne venait pas, son cerveau répétait où est-il que fait-il avec l'envie furieuse de lui poser la question en usant de leur code acronyme. *Oeti qfti*, c'était comme si elle avait besoin de l'écrire. Elle se demandait pourquoi il revenait lui dire *Sachez qu'elle a été aimée*. Comment une chose pareille pouvait soudain se produire. Ce qui s'était passé et se passait encore au creux du crâne du Monstre la laissait démunie, elle n'avait pas été capable de prévoir ses réactions, le connaissant finalement bien mal.

Qu'il se procure son livre, cette curiosité-là, elle pouvait la comprendre. Même si toutes ces années elle-même s'était refusée à aller voir ses films. Voir son prénom écrit personnage secondaire lui avait fait quelque chose, indubitablement. Quelque chose qui l'amenait à reprendre le contact, il ne voulait pas qu'elle doute de la puissance d'elleetlui, de la sincérité, de la véracité de ses sentiments à lui. Clotilde s'interrogeait néanmoins sur le mobile. Culpabilisait-il de s'être comporté comme un parfait connard, menteur et égoïste ? Le cadavre d'elleetlui encombrait ses placards, peut-être voyait-il un psy pour faire le grand ménage, éprouvait-il de la honte des remords des regrets, en tournant dans son lit, Clotilde se le demandait. *Qu'est-ce que ça lui apporte, en quoi est-ce nécessaire de venir me rappeler qu'elle a été aimée ?* Clotilde disait *elle*, déjà *elle* et plus *je* : au contact d'elleetlui sa psyché se fragmentait.

Le jour baissait lentement, enfin elle s'endormit, Citrouille contre son ventre ronronnait doucement. Elle rêva de la Villa, les statues du jardin peuplaient la mezzanine, elles n'étaient ni de marbre, ni de plâtre, mais de sel. Elle se vit accoudée au rebord de la fenêtre, dehors le buis flambait et l'oxyde de carbone faisait fondre ses yeux ; mais elle ne bougeait pas, elle ne le pouvait pas, elle savait qu'elle ne devait surtout pas se retourner. Elle se réveilla en sueur tandis qu'une voix en elle martelait pleine d'espoir *Des remords des regrets où est-il que fait-il des remords des regrets s'il pense à la Reine c'est peut-être qu'au fond, en fait, il l'aime encore.* Elle s'en voulut tellement de produire une telle phrase qu'elle se donna une gifle en prenant son élan.

La voix du chef de bord résonne dans le wagon, d'ici quelques minutes, c'est la gare de Cologne. Clotilde doit remettre ses souvenirs dans son crâne, elle coud donc de fil blanc ceux qui forment désormais le début du puzzle pour ne pas perdre le travail qui vient d'être effectué. L'aiguille derrière l'oreille, elle prend son sac à main cuir gros grain argenté, son petit sac de voyage, enfonce sa toque fuchsia et enfile son manteau. De l'alpaga début avril, puisque ainsi va la fin du monde.

Sur le quai où s'engouffre un vent officiellement venu de Sibérie, elle s'arrête sur le carré fumeurs tracé au sol. Elle repense au silence qu'elle a gardé longtemps après avoir reçu le mail, n'en parlant à personne pendant plusieurs semaines, redoutant que ses proches ne poussent des cris d'orfraie. En allumant sa Lucky Strike, Clotilde se rappelle avoir failli se confier à Adélaïde en rentrant des États généraux de l'hétérosexualité où, en qualité d'attachée de presse, cette dernière l'avait accompagnée.

Ces trois jours avaient été denses, le rythme de la programmation soutenu. Le panel des invitées était large, leur profil et parcours extrêmement différents. Conférences, débats, performances : quelle que soit la forme prise pour développer leur point de vue, à la question comment concrètement relationner sentimentalement et sexuellement avec un homme, toutes s'étaient avouées dans l'impasse. Clotilde avait conclu la dernière table ronde en confiant être un peu déçue : elle avait espéré que parmi ses collègues il s'en serait trouvé deux ou trois capables de partager quelques trucs et astuces. Elles s'étaient ainsi séparées, leur rire était d'un jaune légèrement mordoré qui donnait aux visages le teint des saintes martyres.

Le train qui les ramenait à Paris traversait des champs d'apories. Clotilde et Adélaïde, calées au fond de leur siège, discutaient du concept de lesbianisme politique. Combattre le patriarcat en refusant toute relation intime avec un homme, s'extraire de l'hétérosexualité, ne plus jamais coucher avec un couillidé. L'idée remontait à la fin des années 1960, en Angleterre, on la devait à Sheila Jeffreys. À la fin des années 1980, Monique Wittig et Adrienne Rich l'avaient théorisée en France, avec *La Pensée straight* et *La Contrainte à l'hétérosexualité*.

Le lesbianisme politique, dans le cas des hétéras, revenait à choisir le célibat et devenir abstinente. C'était déjà le cas de Clotilde et Adélaïde, qui pourtant sur le sujet étaient très partagées. Adélaïde s'enthousiasmait de pouvoir officiellement rejoindre les rangs des lesbiennes sans en avoir la sexualité, elle qui vivait son orientation depuis toujours comme une malédiction. Le choix de l'abstinence ne lui pesait nullement, elle trouvait à l'instar de Valerie Solanas que le sexe constituait une activité « non créative, une pure perte de temps ». Coucher avec des hommes, elle avait autre chose à foutre ; être lesbienne politique, ça la rendait si fière qu'elle avait envie de s'en faire un tee-shirt.

Clotilde était beaucoup plus circonspecte, elle citait Hermeline, leur Gold Star : *La lesbienne politique, elle est à la fois lesbienne et pas lesbienne, c'est un peu la lesbienne de Schrödinger*. Hermeline s'agaçait : avant de rencontrer Jasmine, elle avait fait à maintes reprises sur les applications de rencontre la connaissance de filles lassées des hommes, de filles lassées des hommes qui la prenaient pour cobaye, interface bêta test, afin de tenter l'expérience menant à la validation de leur choix de vie théorique. Ça ne se passait pas toujours bien, et parfois Hermeline se faisait ghoster. Pour elle, le terme de lesbienne politique, ça faisait plus chic dans certains clubs que de s'avouer célibataire et bien entendu hétéra.

Clotilde était d'accord. Elle glissa à Adélaïde que se dire lesbienne, quand bien même politique, relevait de l'usurpation. Elles ne s'étaient pas construites en subissant la violence sociale propre à l'homophobie, elles connaissaient le sexisme, ce n'était pas la même chose. Clotilde savait le poids des regards, la brutalité du lexique, le gluant, le tranchant, les formes que l'homophobie pouvait prendre. Se tenir la main dans la rue, s'embrasser dans le bus, se caresser le poignet du bout des doigts au restaurant : insultes, humiliations, menaces, blagues salaces, proposition de plans à trois, s'il vous plaît les gouinasses pas devant nos enfants merci de sortir d'ici on ne veut pas de ça chez nous. Il leur était arrivé maintes bricoles, à elle et Mademoiselle tête de faon ; Clotilde énumérait pour convaincre Adélaïde un maximum d'exemples, avant de lui faire promettre d'accepter ce qu'elle était : une simple hétéra féministe qui tâchait d'être cohérente.

Adélaïde laissa passer un cortège d'angelots, puis lui dit que tout ça n'était peut-être pas si grave, au final, une question d'étiquette, de catégorisation. L'important à présent c'est qu'elles avaient toutes deux décidé de se passer des hommes et qu'elles n'étaient pas prêtes de retomber dans le panneau. À ce moment Clotilde hésita à se livrer, à dire à son amie ce qu'elle avait ressenti en lisant le mail de Guillaume, le trouble et cette forme d'espoir qui par saccades l'envahissaient, les questions qu'elle se posait, le retour du trou dans le ventre. Elle n'osa pas, de crainte de la décevoir. Adélaïde voyait en Clotilde un modèle, elle la trouvait si forte, déterminée et droite, lui confier qu'elle n'arrêtait pas de penser à elleetlui, c'était se montrer indigne, voire la fragiliser dans ses choix de vie. Ce n'était pas si simple de faire le deuil de l'amour, Adélaïde avait mis un temps fou à cesser de se sentir incomplète sans conjoint. Alors Clotilde se tut pour ne pas la perturber.

Le quai est devenu désert, la toiture ne peut rien contre la neige fondue qui déferle implacable, détrempant le visage de l'infortunée Clotilde dont le make-up est loin d'être waterproof. Un regard de panda alourdit ses paupières tout en creusant ses cernes. Elle écrase son mégot, le jette à la poubelle, ajuste sa toque fuchsia, se pique le doigt contre l'aiguille posée sur son oreille. Elle pousse un petit cri qui tombe raide dans une flaque, saisit son sac à main et son sac de voyage, sort du carré tracé au sol sans marcher sur la ligne jaune, puis quitte rapidement le quai.

Elle a une heure avant que n'arrive son train, aussi se pelotonne-t-elle très vite dans un café où sur d'immenses écrans se jouent sous un soleil de plomb des matchs de foot et de tennis. De voir toute cette chaleur, ça lui donne des frissons. Là où s'agitent ces sportifs, de l'autre côté du globe, le grand brasier est une menace constante. Impossible d'oublier que c'est la fin du monde, la planète a de la fièvre, le climat déréglé la ronge en ses poumons comme la tuberculose, l'humanité respire le souffle de sa toux. Clotilde se demande si dans vingt ou trente ans elle mourra brûlée vive ou bien empoisonnée. Ses yeux encerclés de charbon glissent doucement sur le décor. Au-dessus des toilettes, clouée à même le bois, une branche de houx s'étiole, la poussière sur le plastique fait comme une moisissure. Elle songe à ce lendemain de Noël où Wilfried lui avait rendu visite, son secret commençait à être lourd à porter, son cœur était plein de courbatures : elle pensait à Guillaume dès qu'elle ouvrait ses mails, luttait chaque jour des heures, amorçait une réponse aussitôt effacée. Il lui fallait parler, se confier à quelqu'un.

Dix ans avant, Wilfried considérait que Guillaume méritait sa carte de membre du Club des Gros Connards, mais il était capable aussi d'objectivité. Alors Clotilde le fit asseoir devant l'ordinateur et lui donna le mail à lire. Ajustant ses lunettes, Wilfried scruta la longue colonne, s'arrêtant de temps à autre afin de commenter ou d'éclaircir un point. *C'est vrai qu'il écrit bien, C'est quoi oete qfte, Ça fait quand même trois fois qu'il se traite de pédé perso je trouve ça louche.* Puis elle lui demanda ce qu'il pensait de tout ça, ce qui motivait ce retour, ce qu'elle devait en attendre. *Rien*, répondit aussitôt Wilfried, *n'en attends rien et ne réponds pas. Surtout pas. Je pense qu'il est sincère : ça le fait vraiment souffrir que tu l'aies oublié. Mais peut-être que c'est juste une blessure narcissique, et pas ce que tu projettes. Je pense qu'il revient pour jouer, tu as déjà donné, ne reprends pas la partie.*

Le serveur apporte à Clotilde un second chocolat chaud, les enceintes diffusent un morceau de rap allemand, le sucre fond doucement, touillé dans la tasse blanche. Clotilde fixe le mouvement créé par la cuillère, son regard se perd dans le tourbillon. Elle pense aux mois qui ont suivi la réception du mail. Janvier et février, elle avait tenu à distance le fantôme d'elleetlui. Elle réussissait même à ouvrir sa boîte mail sans aspirer à lui écrire, ni relire le fameux *Sauvé des eaux*. À noter que Clotilde était à ce moment-là submergée par le travail. Elle devait rendre la V2 d'un scénario où un couple de geeks faisait trouple avec une vampire, préparer une performance sobrement intitulée *Saint Ouin-Ouin, ou les larmes du dominant à l'heure du monopole de la douleur*, et avancer au mieux sur *Aujourd'hui Mesdames*. Le livre commençait à prendre forme, petites chroniques et réflexions. Sa performance se penchait sur les tactiques de détournement de la souffrance des victimes au profit des ego bourreaux, sur l'usage des techniques du faible, du digne d'être pleuré. Des sanglots longs de ces messieurs, il ne cessait d'en être question dans les chantiers en cours.

Le dernier chapitre écrit dans *Aujourd'hui Mesdames* avait pour titre « Jean Eustache présente », il traitait de la simulation orgasmique : *La femme fait la putain pour ne pas blesser l'homme. Or qu'est-ce qu'un homme blessé ? Un tout petit garçon. La femme fait la putain parce qu'elle est assignée à être la maman, elle fait semblant de jouir pour protéger des larmes le tout petit garçon.* Janvier et février, se rappelle en buvant son chocolat tiédi Clotilde, elle avait su tenir bon. Et puis mars était venu. Elle se demande ce qui l'a précisément poussée à céder alors, si c'était pulsionnel ou au contraire très réfléchi. Elle hésite à fouiller dans le creux de son crâne, mais dans quelques minutes son train sera à quai.

Du PN à la PLS

Sur la tablette du train qui roule direction Brême, Clotilde a déposé le début du puzzle. Entre ses doigts rougis, un souvenir vert tendre ; elle le secoue un peu, aussitôt il s'emplit de pétales de pâquerette. Il s'encastre parfaitement dans la pièce précédente, le tracé d'une veinure entre les deux achève de convaincre Clotilde que tout est à sa place. Oui, tout est à sa place, elle se revoit à son bureau, en mars l'an dernier, relisant pour la centième fois *À présent je repars dans l'ombre / En embrassant votre bouche lointaine / Nous ne nous reverrons pas / Pourtant, parfois / Au moment du bain / Je revois encore votre sourire dans la virgule de ma cuisse tranchée // Du fond des âges / votre / fin de parenthèse.*

Pourquoi lui répondre ce soir-là, ce soir-là plutôt qu'un autre, près de quatre mois plus tard ? Depuis des heures la solitude tricotait dans sa chair une cotte de mailles en plomb. Elle avait essayé de joindre Wilfried, était tombée sur le répondeur. Adélaïde était de sortie, Judith avec sa petite famille ; Bérangère avec son nouveau chéri, et

Hermeline avec Jasmine. Elle avait travaillé, lu, regardé un film. Joué avec Citrouille jusqu'à se faire griffer. Elle s'était commandé un repas à sa convenance et avait fumé toutes sortes d'herbe aux effets agréables. La déprime la gagnait, aussi se demanda-t-elle sérieusement ce qui dans l'absolu pourrait lui procurer du plaisir. Elle réfléchit quelques secondes. Ce qu'elle préférait, c'était écrire. Mais quand elle écrivait, elle se sentait toute seule. Ce qui lui manquait dans l'immédiat, c'était quelqu'un avec qui plus qu'interagir : romantiquement relationner. Sa vie professionnelle et amicale était dense, mais son cœur devenait comme lyophilisé. Le célibat et l'abstinence lui permettaient d'être cohérente, pour autant l'ennui la rongeait. Ne pas avoir d'objet de désir, ça commençait à lui peser, c'est de là que venaient ses soupirs.

Ce qu'elle préférait, c'était écrire ; ce qu'elle désirait, c'était relationner romantiquement. Or il existait une personne qui pouvait rendre les deux possibles, et cela immédiatement. Ce qu'elle voulait là, ce n'était pas vraiment Guillaume Richter, c'était son écriture. Pour une fois, elle parvenait à séparer l'homme de l'artiste. Embrasser le Monstre n'était pas à l'ordre du jour. Ce qu'elle souhaitait, c'était la clairière, retourner sur le banc, fouiller dans les fougères, que les mots provoquent l'embrasement. Elle était très curieuse de savoir comment il lui raconterait ce qu'elle savait déjà en consultant Google, et ce qu'il préparait en ce moment. Elle avait par ailleurs grande hâte de tournoyer dans sa robe brodée de gloriole, faire son intéressante sous ses applaudissements. En même temps dans sa tête, les petites voix aiguës s'emportaient violemment, renversant le cortex, marchant sur l'hippocampe : *Sa poésie te bouleverse mais pas une fois dans le mail il ne s'est excusé Cet homme toujours se plaint sans une once d'empathie Son message se termine par fin de parenthèse c'est la preuve pauvre fille qu'il n'appelle pas de réponse.* Clotilde à cet instant voulut ne plus penser.

Serait-il possible qu'il n'appelle vraiment pas de réponse, la laissant lettre morte ? Lui dire qu'elle a été aimée serait le seul et unique but de ce mail ? Ça n'aurait pas de sens, absolument aucun. Il fallait bien que le Monstre ait envie de la Reine, de leur lien, d'elleetlui ; comme elle, de leur écriture. Pourquoi se priver de répondre, alors que c'était la seule chose qui lui faisait plaisir ? Pourquoi s'interdire de lui écrire, alors que c'était la seule chose qui pourrait la sortir ce soir de la solitude ?

Elle ne se tirait plus les cartes, quelques années auparavant elle avait sacrifié cette compétence en échange de la protection de six déesses antiques. Aussi ne pouvait-elle pas sonder les intentions de Guillaume, ni l'avenir d'elleetlui. Pour éviter tout drame, elle devait cette fois-ci baliser le territoire, avancer en armure. Répondre au Monstre était lui ouvrir grand la porte, prendre le risque qu'hier recommence aujourd'hui. Elle avait parfaitement conscience de s'exposer à un rapport de dépendance : si la correspondance reprenait, elle guetterait ses mails jour et nuit. Trois cent cinquante-trois pages dix ans avant, peut-être que s'ouvrait l'acte II. Elle sentait qu'ils n'avaient pas fini de jouer ensemble, en était persuadée. Et finalement, ce soir-là, comme le confirme la pièce du puzzle, ce que Clotilde voulait c'était avant tout jouer. Prête à prendre tous les risques pour se sentir vivante hors de son traitement de texte.

La tournure de son mail, le ton employé en colonne se firent légers, presque détachés, néanmoins parsemés de signes de connivence et de battements de cils. Elle cherchait à le séduire en feignant une distance patinée d'amusement *Tout cela est délicieux*. La poésie maintient les sentiments dans du formol, alors elle écrivit *L'herbe est forte et la neige fondue / Au milieu des fougères / S'avance Sa Majesté / Sa robe couleur d'orage / Frôle la terre débattue*, et la colorimétrie autour d'elle s'en trouva modifiée, à croire que sa syntaxe surexposait la pièce, ses organes et sa vie. À ce moment dans sa playlist se lança *Ivo* des Cocteau Twins ; Clotilde vivait chaque jour au rythme d'une bande-son qui densifiait son ressenti.

L'écran de son ordinateur lui renvoyait son reflet, elle fixait quelque chose, mille éclats en serre-tête, arabesque sur son front : le diadème était là, à même la kératine. Citrouille sauta aussitôt sur le bureau afin d'y agiter gracieusement l'éventail rose en plumes d'autruche qu'elle tenait fermement entre ses pattes avant ; il était défraîchi, hoquetant des nuages de poussière gris perle, duveteux, qui chatouillaient la gorge. Clotilde s'étouffait dans son propre ravissement, elle écrivait au Monstre et elle était la Reine, elleetlui un royaume, géographie pérenne.

Elle tint à éclaircir cette histoire de prénom dans son livre, ce Guillaume n'était pas lui, elle l'avait oublié. Les affronts d'avant-hier avaient laissé une trace, aussi profonde que la cicatrice que le Monstre avait sur la cuisse, son cœur à elle était marqué. Mais ça, elle ne le précisa pas. Elle se contenta de quelques pas de danse, traversa la clairière sans s'asseoir sur le banc. Elle fit ce qu'ils faisaient jadis : raconter son réel en le féerisant tout en se changeant en paon, la roue sertie d'émeraudes, le cou de saphirs. Elle acheva le mail en y glissant le clip d'un morceau de son album ; elle y apparaissait, filmée en noir et blanc. La chanson parlait de Rome, l'excuse était trouvée. Évidemment Clotilde espérait que Guillaume ait écumé son site et moult pages Internet en quête d'informations, d'images la concernant. Qu'il se soit mis à jour, comme elle-même l'avait fait.

Ce qu'elle voulait là, tout de suite, c'était ce monstre de Guillaume Richter autant que son écriture. Finalement elle n'arrivait pas à séparer l'homme de l'artiste. Les baisers elleetlui dans l'ombre de minuit, en silence, l'aguichaient. Elle sautillait auprès des daims désormais empaillés, la lune pendait, instable ; elle prit un escabeau afin de la décrocher. Pendant ce temps, dans sa tête, les petites voix pointues s'emportaient rageusement, écorchant le lobe pariétal, transformant en hachis le cervelet : *Bouleverse-le par ta poésie mais tu ne l'auras pas plus que la dernière fois Cet homme est toujours flou et ton herbe est trop forte.* Clotilde à cet instant aurait voulu danser.

Elle se relut dix fois et envoya le message en priant les déesses. Elle se dit : S'il répond rapidement c'est qu'il m'aime. Bien sûr elle ne se le formula pas d'une manière aussi sotte, mais ça revenait au même. Le lien elleetlui était indéfectible, l'histoire recommençait, ni tout à fait la même ni tout à fait une autre, peut-être le grand retour des cimes aux ventricules, peut-être le grand amour en éternel retour. Elle se dit ça, Clotilde, s'il revient aujourd'hui, c'est qu'il est le grand amour. Il l'avait bien été, tellement plus grand que les autres, la puissance de l'intensité, densité des émois, amplitude des transports ; il l'avait tant été, il ne pouvait que l'être encore, elleetlui c'est écrit car ils sont l'écriture. C'est plus que le grand amour, c'est de la poésie.

Clotilde regarda son ventre se trouer au-delà de la béance, elle voyait le dos de son siège. Elle paniqua un peu, respira un deux trois, se posa des questions. Est-ce que c'était de l'amour, ou le souvenir de l'amour soudain réactivé ; de l'amour pur, de l'amour, pas juste son reflet ? Est-ce qu'on use un reflet quand on y voit de l'amour ? Est-ce que ça s'use, l'amour, quand ça n'est pas cassé ? Si elle était déçue, si ça se passait mal, si ça se finissait elleetlui équarri, si ce n'était que douleur, humiliation, souffrance, pour le cœur le grand labour, cet éternel retour ? Clotilde savait bien pourquoi elle n'osait en parler à Adélaïde, Judith, Bérangère, Hermeline. Le risque était dantesque, le danger abyssal, il fallait qu'elle soit folle, y retourner relevait de l'action kamikaze.

Guillaume lui répondit dès le lendemain midi. Le ton était badin, mais il se réjouissait de retrouver la Reine, c'était une évidence. Clotilde ne réussit pas à laisser passer vingt-quatre heures. Lui non plus. Bientôt le rythme reprit, *Dix ans c'est trois minutes*, ils échangeaient riaient se plaignaient s'emportaient, se tenant au courant de leurs activités professionnelles nombreuses. Guillaume avait désormais plusieurs documentaires et longs métrages à son actif, son prochain film sortait dans quelques mois. Son quotidien était rythmé par l'écriture de scénarios pour lui ou d'autres. Bientôt ils s'envoyèrent leurs chantiers, s'extasiant de bonne foi sur tout ce qu'ils lisaient.

Au bout d'une dizaine de jours, Clotilde se tut pour voir. Le Monstre s'avoua accro, de façon explicite. Il réclamait la Reine, qui ne se fit plus prier. Ainsi passèrent trois semaines, les messages s'égrainant deux à quatre fois par jour. Clotilde proposa alors à Guillaume un rendez-vous, une entrevue réelle. Guillaume appela *falaises* cette possibilité. Quelque part dans Paris, des falaises vont pousser et la Reine et le Monstre s'y trouveront face à face.

Ils étaient à falaises - 4 quand Clotilde fut invitée chez Judith qui profitait de l'absence de son mari et de sa fille pour faire de la magie avec son petit cercle. Une fois l'invocation de Lilith achevée, chacune dut formuler un vœu à haute voix. Judith demanda le soutien de son projet radiophonique, Adélaïde que Marc Bernardier remporte à l'automne prochain le Goncourt, Bérangère que son fils ne soit plus de droite, Hermeline que la FIV de Jasmine réussisse. Quand vint le tour de Clotilde, elle lâcha devant toutes : *Qu'elleetlui se retrouve pour ne plus jamais se quitter.*

Ses amies ne saisirent pas, l'expression elleetlui avait une décennie et Clotilde à l'époque en usait peu devant elles, elles finirent le rituel la langue tout engourdie de questions refoulées. Aussi à peine les flammes éteintes, Judith harcela Clotilde en rangeant le chaudron, alors qu'elle remettait avec Adélaïde le tapis sur le pentacle gravé dans le parquet. Bérangère et Hermeline replaçaient les objets dans le double fond de la commode en ouvrant les oreilles. Clotilde soupira, elle s'attendait au pire. *Je vais revoir Guillaume Richter, on a repris les mails.* Le pire se fit entendre, l'histoire était ancienne mais toutes s'en souvenaient : leur amitié s'était vraiment soudée quand il avait fallu ramasser Clotilde à la petite cuillère. Bientôt la pièce s'emplit d'un brouhaha inquiet de plus en plus aigu, d'autant que Bérangère se mit à glapir *PN PN PN* comme on sonne une alarme, PN étant les initiales de Pervers Narcissique. Judith réagit aussitôt, c'était une vieille querelle, un point de tension entre elles deux.

Pour Judith, Bérangère attribuait cette étiquette douteuse de façon systématique, là où le profil en question cochait les cases lui assurant une simple place, bien que de choix, dans le Club des Gros Connards. Pas plus. La perversion narcissique ne figurait pas dans le *DSM*, le *Manuel diagnostique et statistique des troubles mentaux* ; les PN, on les trouvait plutôt dans les magazines prompts à se demander qui ils étaient et quels étaient leurs réseaux. C'est ce que répétait dans ces cas-là Judith, tandis que Bérangère grinçait *Madame sait mieux que tout le monde, Madame est elle-même psy*. Habituellement les autres leur faisaient changer de sujet, mais l'heure était trop grave. Adélaïde roula immédiatement un joint. Et pendant que Clotilde réfrénait son envie de partir sur-le-champ, Hermeline prit la peine, pour la toute première fois, de régler le différend entre Judith et Bérangère avec Wikipédia.

Le PN existe-t-il ? À en croire Hermeline dont les yeux parcouraient l'écran de son téléphone *C'est plus compliqué que ça*. Elle leur lut à haute voix le début de la page : « Le terme de perversion narcissique désigne une notion théorisée au départ par le psychiatre et psychanalyste Paul-Claude Racamier dans le domaine de la psychopathologie. » Bérangère jubilait en regardant Judith : le terme existait bien. Hermeline poursuivit : « Elle indique non pas un type de personnalité, mais une pathologie relationnelle qui consiste en une déstructuration de la personnalité dans laquelle la notion d'altérité n'existe pas. Pour la personne atteinte de ce trouble, les individus sont des objets, et elle se considère elle-même comme objet. » Judith aussitôt ricana en fixant Bérangère : le terme existait bien mais ne désignait pas un manipulateur toxique qui jouit de détruire l'autre.

Hermeline insista : *Racamier dit « mouvement »*. Judith et Bérangère exigèrent une vraie définition, elles n'y comprenaient rien. Hermeline cita Racamier, 1992, *Pensée perverse et décervelage* : « Le mouvement pervers narcissique se définit essentiellement comme une façon organisée de se défendre de toute douleur et contradictions internes et de les expulser pour les faire couver ailleurs, tout en se survalorisant, tout cela aux dépens d'autrui. » Hermeline constata : *Il dit mouvement. Mouvement, le PN n'est pas quelqu'un.*

Adélaïde alluma le joint. Clotilde s'interrogeait, le Monstre était sûrement un petit peu pervers et pas mal narcissique, pour autant était-il concerné par ce mouvement ? Elle en voulait soudain beaucoup à Bérangère, de quoi se mêlait-elle, elle souillait de poison le seuil de la clairière. Clotilde regarda ses amies en regrettant de ne pas avoir pu garder plus longtemps le retour de Guillaume secret. Hermeline fit semblant de ne pas ressentir son malaise grandissant. Elle consulta l'écran de son téléphone pour résumer la suite. Pour Alberto Eiguer, le PN était juste : « Un cas particulier de la pathologie du narcissisme. » Hermeline cita son ouvrage, daté de 1989, *Le Pervers narcissique et son complice*. Le terme complice gratta les tympans de Clotilde au point de les irriter. Serait-il possible d'être complice à ses propres dépens ? Au-dedans elle sentit comme un léger vertige, son cœur se dérobait autant que ses poumons.

Elle n'écoutait plus rien. Surtout pas la voix d'Hermeline qui venait de mettre le doigt sur le moment du basculement, après un clic supplémentaire. *En fait tout a merdé en 1998 quand la psychiatre Marie-France Hirigoyen a publié son essai* Le Harcèlement moral. La violence perverse au quotidien. *Elle a utilisé le terme pervers narcissique pour désigner les prédateurs psychiques. Le bouquin a été un best-seller, la presse s'est emparée du terme, filon éditorial, le PN est devenu un profil, plus rien à voir avec la définition initiale de Racamier. Psychologie populaire, expression galvaudée, au point que Marie-France Hirigoyen elle-même regrette sa vulgarisation.* Judith sourit à la victoire : le PN, c'est rien que des conneries. Bérangère vérifia sur son propre téléphone, elle ne pouvait pas croire qu'elle avait tort. Ce que désignait le pervers narcissique existait, le terme était galvaudé, soit, mais réinvesti.

Pour preuve, la fin de la page Wikipedia citait la thérapeute comportementaliste et cognitiviste Isabelle Nazare-Aga, qui avait listé trente comportements caractéristiques du PN. À partir de quatorze, le doute n'était plus permis. Judith était à bout, *Je ne nie pas l'existence de comportements toxiques, je suis contre le fait d'utiliser un mot qui définit autre chose.* Bérangère insista, *Tu vois bien qu'on a le droit.* Hermeline essaya d'apaiser les esprits : peut-être qu'au lieu de PN il fallait dire MN, pour manipulateur. Judith et Bérangère haussèrent lourdement les épaules. Adélaïde écrasa le joint. Clotilde restait mutique. Elle pensait au passé, l'acte I d'elleetlui, les non-dits qui les avaient tous deux amenés à l'acmé vaudevillesque. Peut-être qu'à ne pas avoir fait de frontal, à avoir voulu préserver la clairière du réel sans poser trop de questions, elle avait participé, voire favorisé, les mensonges de Guillaume. Peut-être qu'elle l'avait accepté : quelqu'un à qui l'on ment consent à ce qu'on lui mente ; c'était un accord tacite, elle avait bien été complice, le déni l'arrangeait.

Leur rencontre approchait, et avec elle le fantasme d'une relation concrète. Elle pensait à sa peau, était obnubilée. Son grain était si fin, sa texture élastique ; sa pâleur parsemée de fines taches de rousseur laissait sur le bout de la langue un goût de lait sucré. Elle projetait leurs retrouvailles, leurs regards, leurs baisers. Elle les mettait en scène, un musée, un café, ou le salon étroit de son appartement. Le lieu n'était pas fixé et elle se languissait, si les falaises poussaient derrière sa porte bleue ce serait signe qu'il était prêt à lui refaire l'amour. Elle ne se souvenait plus, plus du tout de son sexe, mais était persuadée qu'il était circoncis. Elle préférait de loin les phallus sans prépuce, le surplus de peau comme morte la dégoûtait un peu. Le Monstre étant parfait, elle doutait que sa main dût le décalotter.

Elle leur rêvait mille vies qui ne tarderaient à éclore, ils riraient voyageraient et surtout écriraient ensemble un scénario, une comédie loufoque, ubuesque, irrésistible, que Guillaume réaliserait. Elle avait envie de ça, qu'ils écrivent tous les deux. Elle était persuadée qu'ils formeraient un tandem, elleetlui à la ville, dans Word, sur un plateau. Elle se représentait leurs séances de travail, face à face ou lovés dans le même Google Docs. Ils avaient en commun une grande force d'action, menaient depuis toujours moult projets de front ; chacun pourrait poursuivre son œuvre personnelle, ses collaborations, tout en créant de concert un objet d'elleetlui. Ils étaient, pensait-elle, à l'orée de l'acte II, où la dramaturgie se déploierait à Paris autant que dans leur boîte mail. Leur lien était unique, rare, précieux, singulier. Ce qu'ils avaient à vivre n'en était qu'aux prémices, les racines de leur amour étaient si romanesques que leur avenir semblait capable de s'écrire en lettres de feu si larges qu'elleetlui s'imposerait, irradiant l'horizon.

Clotilde ne pouvait croire que le Monstre était revenu pour d'autres raisons que reprendre le fil de leur histoire. Et pendant que ses amies s'écharpaient sur une terminologie, elle fut saisie d'un doute, bien qu'elle se raisonnât. Guillaume ne pouvait qu'être libre, il était impossible que sa situation soit la même qu'à l'époque. Pour autant elle devait le plus rapidement possible en avoir le cœur net. Aussi quitta-t-elle à l'instant même le salon de Judith pour rentrer chez elle écrire à l'élu. Elle relut leurs échanges des toutes dernières semaines : de la vie sentimentale du Monstre, il n'y avait aucune trace. Elle s'arma de courage, et accrocha au cou d'une biche un billet bleu, dans lequel elle lui demandait s'il était bien célibataire ou si encore une fois quelqu'un risquait d'avoir envie de se suicider. Elle avait un peu honte en cliquant sur Envoi. Comme si elle était sotte, sa question ridicule. Elle guetta dès le réveil le Monstre dans sa boîte mail. Le silence s'imposa jusqu'au lendemain soir. Ce qu'elle lut en retour, Clotilde sait que c'est une pièce maîtresse dans le puzzle. Et pourtant c'est celle-là dont elle voudrait se passer.

L'impossibilité de il

Les ongles de Clotilde grattent le dedans de son crâne, le souvenir est huileux et glisse comme du mercure. Elle finit par le sortir, le poser sur la tablette. Il est tellement vivant qu'il remue sur le plastique, s'agite et rampe tout seul vers le centre du puzzle en train de se constituer. L'aiguille et le fil blanc aussitôt le transpercent, le voilà à présent cousu très fermement aux autres réminiscences.

Un fragment de la colonne qu'elle reçut en réponse trône au milieu des cendres. *Lui aussi veut l'embrasser / Mais il n'est jamais qu'un pédé / Impossible d'écarter cette donnée / Quand bien même il ne l'a pas choisie / D'ailleurs il n'a pas choisi non plus que ça ne lui suffise point / Il gâcherait tout, il ne sait faire que ça / Un homme avec lui, oui / Toujours / D'autres, un autre, quelle importance / Il ne pourra être à la Reine / Il lui faudra de la bite comme un vampire du sang / Il ne sait pas quoi lui dire de son envie d'hommes / Peut-être que ce qu'ils ont à vivre n'est pas dans l'IRL / Que les falaises restent dans l'imaginaire / Cela vaut sûrement mieux / Au moins il lui aura dit qu'elle a été aimée / Il lui laisse ce message dans la clairière / Il sait pas pourquoi il sait pas comment, la Reine il a envie de l'embrasser / Il y a dix ans il y a dix minutes quelle différence / Il a envie de tout de elle / C'est un pur truc de elleetlui / La Reine est une reine / Et lui repart dans la forêt / À reculons de ces derniers jours / Dans les fougères / Un mot pour vous / Fondu au noir.*

Dans le train qui la mène à Brême, Clotilde revoit chaque mot lui perforer le cœur. La douleur était intacte, la même que celle qui l'avait éventrée dix ans auparavant, quand elle n'avait eu d'autre choix que de dévaster la clairière. Son corps l'avait gardée en mémoire, la moindre parcelle de sa chair suivait le déchirement tracé en pointillé. Elle était mortifiée, assise à son bureau, cage thoracique béante. Ses larmes ne cessaient plus, le chagrin l'étouffait. Une lame affûtée tranchait sec ses organes, elle voyait des bouts de son cœur s'écraser sur le sol. Inquiète et intriguée, Citrouille les reniflait, et en la voyant faire Clotilde avait espéré un instant que sa siamoise les dévore, qu'il ne lui reste plus rien qu'un trognon ventricules, se figurant par là abréger ses souffrances. Les secondes s'écoulaient comme des siècles saturés de tortures infernales, son âme s'évanouissait face à l'équarrissage. Tout devenait flou et moite ; le sang cognait contre ses tempes, elle ruisselait de sueur tandis que l'affliction dévorait ses poumons. Bientôt l'air lui manqua autant que le bon sens, et Clotilde sombra dans un déni profond.

Le deuil ne pouvait être acté, elleetlui existait et s'était retrouvé, affinités ultimes, amour et écriture. Elle ne pouvait admettre qu'il lui faille renoncer, elle refusait d'entendre que l'envie d'hommes de Guillaume puisse entrer en conflit avec son désir d'elle, alors même qu'il avouait la vouloir en entier. Elle relut la colonne, le long mail au complet, l'attirance de Guillaume pour le corps de la Reine s'étalait sur des lignes comme autant de preuves concrètes.

Aussi dans son cerveau le déni s'organisa, minimisant les mots et le ressenti du Monstre, échafaudant des plans pour contourner le problème, comme on le fait d'un obstacle de niveau très moyen. Il était bisexuel et ne voulait pas l'entendre, le constat était le même, exactement le même, que dix ans auparavant. Il ne s'envisageait pas une femme à ses côtés, quand bien même crevait-il d'envie de l'embrasser. Elle devait l'amener à voir clair en lui-même, à reconnaître que malgré son identité gay, son désir le déplaçait, c'était un fait réel. Clotilde ne comprenait pas la résistance du Monstre, elle ne pensa pas un instant à son rapport au féminin. Pour elle, seul importait qu'il restât sous le sigle LGBTQIA+, ne s'éloignant pas de l'égide du drapeau arc-en-ciel.

Cet amour n'avait donc, pour elle, rien d'impossible. Il s'agissait uniquement de faire preuve de patience. Clotilde était têtue, outrageusement tenace. Ce trait de caractère expliquait la longueur de sa bibliographie, amorcer un chantier signifiait se fixer un objectif concret : quand elle avait un but, elle devenait acharnée. Les sanglots se turent, laissant la place aux armes. Son cerveau poursuivit la gestion de la crise. À défaut d'arguments débuta la quête des signes, des indices qui menaient à la seule certitude que la Reine et le Monstre étaient faits l'un pour l'autre. Guillaume était réapparu au moment où Clotilde ne supportait plus les hommes, alors qu'elle se demandait de façon effective comment sortir du joug de l'hétéropatriarcat.

D'un point de vue théorique, qu'il tînt à son statut de pédé, comme il le disait répétait déclinait, arrangeait totalement Clotilde. Il y avait une logique, elle désertait enfin le monde des hétéros mais sans devenir lesbienne, y compris de Schrödinger. Relationner avec un gay revendiqué était la solution, probablement l'unique qui puisse être trouvée. Les gays, tout comme les trans, les lesbiennes et les femmes hétérosexuelles, étaient des personnes sexisées. En relationnant avec Guillaume, elle désertait les berges dominées par des siècles de culture viriliste et hétéronormée. Quelque part elleetlui échappait encore à une forme du réel, à moins que ce ne fût le réel même qui devant la Reine et le Monstre ne pouvait que plier. Un afflux de dopamine lui vint avec l'espoir, et cet espoir se mua en intime conviction.

Jamais, de toute sa vie, elle ne fut si persuadée du bien-fondé de son obsession. Il était évident que Guillaume était au-delà de toutes ses grandes amours, il était bien plus fort, il était l'absolu. La puissance de la douleur qu'elle venait d'éprouver n'était qu'une marque de plus, elleetlui ne pouvait être encore séparé. Leur histoire remontait beaucoup trop loin dans le temps pour être dénuée de sens, l'intensité intacte autant que leur connivence démontraient qu'elleetlui relevait de l'irréductible. Bien sûr, c'était un cas de forçage de la réalité, la monstrueuse parole ne pouvait être plus claire *Il ne pourra être à la Reine*. Et pourtant, cette parole, Clotilde la faisait dévier.

Il serait à elle, elle le savait. Elle n'était pas anxieuse face à son envie d'hommes. Elle se projetait aisément, elle était exclusive mais là il allait de soi qu'elle ferait une exception. Ça ne lui ferait aucun mal, elle ne pouvait être jalouse, le Monstre avait besoin de bites comme un vampire de sang, elle irait, s'il le fallait, certaines nuits dans le cimetière avec un grand filet. Elle savait qu'elleetlui ne serait pas en danger, d'autant qu'elle sourirait en maintenant un cou d'où saillirait la jugulaire ; le Monstre devait être mignon quand les crocs lui poussaient. Et puis, quoi qu'il arrive, elle resterait la Reine, donc l'unique favorite. Clotilde avait besoin, qui que soit son aimé, d'être sur la première marche de son podium affectif. C'est pour ça que jamais elle ne se mettait en couple avec des hommes dotés d'enfants.

Le cerveau de Clotilde ourdit un plan d'action. Faire admettre à Guillaume qu'un gay qui s'émeut des seins blancs de la Reine et éprouve du désir pour un corps féminin, quand bien même très rarement, ça porte un autre nom, n'était pas au programme. La raison lui échappait, mais il y tenait ferme, à son appellation. D'ailleurs il ne disait jamais *gay* et encore moins *homo*, il répétait *pédé*. Ne pas le contrarier, ne surtout pas le braquer, contourner, faire avec. Se concentrer sur leur lien, se contenter d'être sincère en s'arrangeant un peu.

Lui écrire pour lui dire que son message d'adieu l'avait plongée au tréfonds des abysses, que la terreur détrempait encore cheveux peau vêtements, qu'elle se présentait à lui au sortir de la noyade. Lui rappeler combien elle se voulait sans homme, misandre, seule et libre, avant qu'il ne lui revienne. Lui dire l'intensité égalée par personne, lui proposer de poursuivre, mais juste en s'écrivant. Signifier qu'elle avait parfaitement compris, quelqu'un à ses côtés, le Monstre n'était pas seul, Guillaume n'était pas libre. *Elle ne veut plus que personne / Soit amené à mentir*. Tenter d'être pédagogue, feindre que le mot *pédé* traîne une faux derrière lui, rendant toute relation romantique et sexuelle entre eux rédhibitoire. Faire semblant de penser comme lui en dédramatisant, *Il va pas devenir bi / Elle sera pas F to M*. Reconnaître que les données de l'équation étaient complexes mais qu'ils devaient bien admettre qu'il se passait quelque chose. Se positionner, enfin, être directe et franche. *Elle ne veut pas qu'il disparaisse / Elle sait que si dix ans c'est trois minutes / Elle va l'attendre toute sa vie / Parce qu'elle en est certaine / Si la clairière a phénixé / C'est pas juste pour l'album photo.*

Clotilde était sûre d'elle en envoyant le message. Désormais habitée par un combat, une cause, la prise de la tourelle où se trouvait le Monstre. Guillaume lui répondit quelques heures après. *Il ne veut pas qu'elle disparaisse / Il reconnaît et admet le lien.* Il avoua lui aussi sortir de la noyade, avoir été surpris par la violence du choc, même si c'était de sa main qu'était tombé le fondu au noir. Elle apprendrait plus tard, quand ils se parleraient au creux de l'appareil dans les semaines qui suivraient, qu'il s'était mis à pleurer, des hoquets de sanglots, une fois le mail envoyé. Que son compagnon inquiet l'avait pressé de questions et qu'il lui avait déballé toute l'histoire d'elleetlui, provoquant sa stupeur autant que sa jalousie. Que venait faire là une femme, Guillaume était pédé. De s'immiscer dans le réel, de l'impacter hors de la clairière, Clotilde le vécut comme une victoire. Car désormais elle tenait un siège, prête à l'attendre toute sa vie.

Ainsi les falaises s'évanouirent, et avec elles la peau autant que les baisers. Clotilde ne s'en émut pas, elle était dans son rôle, la Reine portait l'armure et s'armait de patience, certaine du dénouement. Le temps n'est jamais trop long pour les illuminés. Ils s'écrivaient chaque jour, entre deux rendez-vous ou deux apnées dans Word, Clotilde se levait tard, le Monstre beaucoup plus tôt, elle souriait dès le réveil en consultant ses mails, découvrait celui du jour sur son téléphone, se levait pleine d'entrain pour s'en repaître dans le détail, installée le dos droit devant son ordinateur.

Combien de temps cela a duré, Clotilde se le demande, calée dans le fauteuil du train qui ne s'arrêtera qu'à Brême. Après un bref calcul, elle penche pour cinq semaines. Le printemps s'imposait, sur le bord de sa fenêtre elle faisait brûler du soufre pour faire peur aux enfants qui jouaient dans la cour. Sur la tablette, devant elle, certaines pièces du puzzle ondulent, ça tire sur le fil blanc, Clotilde redoute qu'il ne s'effiloche, ne se brise et ne libère les souvenirs enchâssés. Elle cherche dans son sac en cuir gros grain argenté sa trousse de bricolage, en sort une petite bobine de fil plastique très souple, mais drôlement résistant, ainsi qu'une grosse aiguille.

Elle consolide le puzzle, certaines pièces résistent, d'autres se laissent transpercer comme si ça leur faisait plaisir de se rendre utiles, de participer. Une mosaïque étrange commence à se dessiner, un tableau de Shirley Jaffe incarné en 3D par David Cronenberg. Clotilde s'interroge, est-ce qu'en l'observant, les yeux plissés ou en prenant du recul, elle pourrait avoir l'ombre d'une piste. Pour l'instant rien, rien n'est lisible, des formes colorées, abstraites, dont la surface ressemble au cou d'un crapaud-buffle. Il est encore trop tôt, il manque tellement de pièces, combien de morceaux de vie à piocher encore dans son crâne, Clotilde se le demande en y plongeant les doigts.

Ce qu'elle en sort est si petit que l'on croirait un débris, un éclat de tôle rouillée. Pour le manipuler, elle prend mille précautions, lentement, pouce et index en pince, comme si elle redoutait d'attraper le tétanos. C'est un fragment d'ailleurs, pas un bout d'elleetlui. Dedans, on est chez elle, il y a un an et quelques semaines. Clotilde s'en rappelle, elle ne peut l'oublier, c'est si désagréable que son échine la picote.

Wilfried lui faisait face et lui parlait doucement mais très distinctement, presque comme à une enfant qui va devoir intégrer que mamie Luce est au ciel, ou que maman divorce parce que papa préfère coucher avec tata Mireille. *Ton Guillaume te répète tout le temps qu'il est pédé comme si c'était l'ultime obstacle, il réduit vos identités à votre orientation sexuelle. Tu vois bien qu'il en fait un élément tragique parfaitement romantique, homo et hétéro, Montaigu Capulet.* Sa bouche avait marqué une moue légèrement dédaigneuse. *En vérité, Clotilde, je crois que ce type m'énerve. Il a besoin d'être désiré par une femme, il a besoin de la validation du regard d'une femme. Y a je dirais comme une manifestation d'hétéronormativité inconsciente. Et ça, on sait bien où ça mène : l'homophobie internalisée, ça n'existe pas que chez les gendarmes ou les populations qui croient au dieu unique.*

Clotilde hésite un peu à enfoncer le débris dans le souvenir précédent, celui qui est huileux et glisse comme du mercure. Elle ne pourra pas le coudre, l'aiguille se cassera, de l'acier contre de la tôle, insister c'est se couper, provoquer l'infection. Elle soupire et se demande si Wilfried avait raison, sur ce point son avis n'arrive pas à se fixer. Guillaume aime être un autre, il a eu par le passé un pseudonyme d'artiste et une vie inventée pour signer ses dessins ; ses films traitent souvent de doubles, de vies parallèles, de troubles de l'identité. Il y a dix ans la Reine lui permettait peut-être d'investir les coteaux de l'hétéronormativité. Pour autant lui prêter de la culpabilité ou une forme de honte, elle se dit que c'est trop, que Wilfried exagérait.

Au fond, c'est de désirer la Reine qui le gêne aux entournures. Là où Wilfried tombait juste c'est sur l'idée d'obstacle, l'orientation sexuelle Montaigu Capulet : le Monstre en fait l'unique barrage à elleetlui, un élément tragique parfaitement romantique, le point d'orgue rideaux rouges de la dramaturgie. En même temps, il n'est pas totalement illogique d'expliquer à une femme qu'on ne peut être avec elle lorsque l'on est un gay. Mais est-on vraiment gay lorsqu'on désire une femme, et que l'on a eu avec elle des relations sexuelles relevant de la volupté ? Et si on l'est vraiment, gay, gay complètement, ne serait-ce pas perturbant au point d'en éprouver de la culpabilité et une forme de honte ? Dans le crâne de Clotilde ces questions tournent en boucle en se mordant la queue, ça lui file le vertige et un début de migraine ; pour un peu elle aimerait mieux avoir le tétanos.

Le train freine soudainement et s'arrête en pleine voie. Le minuscule bout de tôle échappe à Clotilde pouce index, elle le rattrape de justesse avant qu'il n'aille rouler quelque part sous le fauteuil. Le chef de bord explique les raisons de l'incident, cerf heurté, arbre mort, signal d'alarme tiré, suicide, problème technique, Clotilde ne parle pas allemand et de fait ne comprend rien, c'est à elle de choisir. Dans le wagon, peu de monde, il fait nuit et tous dorment, sauf ceux qui regardent un film sur leur écran, casque sur les oreilles. Clotilde a un peu faim, elle hésite à partir en quête du wagon-bar. Elle regarde le puzzle, le morceau de tôle dans la main. Elle a la sensation qu'il va trouer sa paume.

Le train redémarre doucement, le chef de bord prononce une phrase assez longue contenant *danke schön*. Clotilde remet le souvenir dans son crâne, finalement elle préfère qu'il ne touche pas le puzzle. La lumière s'y reflète, les couleurs se densifient, mais aucune forme connue, ni aucun mot ni signe n'apparaissent en surface. L'énigme reste entière même si le travail avance, oui, le travail avance, bientôt elle verra clair et elle saura quoi faire. En attendant elle doit aller se chercher un sandwich.

Elle remballe le puzzle et se lisse les cheveux d'un coup de peigne ferme. Elle constate accablée qu'elle en perd un peu trop. La fatigue et le stress, c'est ce qu'on dit dans ces cas-là. Peut-être aussi que d'ouvrir et de refermer sa tête, le cuir chevelu, ça ne l'arrange pas. Elle traverse les wagons, croise un homme en costume devant la porte des toilettes, y fait une halte. En sortant le type est toujours là, il consulte distraitement l'écran de son téléphone. Elle reprend son chemin en direction du bar, l'homme lui emboîte le pas, ce qui l'étonne un peu, mais il est tellement tard, lui aussi, se dit-elle, a besoin d'un encas.

Elle achève ses achats, sandwich Coca Zero, s'exprime dans un anglais très approximatif, ne comprend pas la blague que lui fait le serveur. L'homme derrière elle traduit, comme c'est sans intérêt elle ne le remercie pas, elle ne lui a rien demandé mais il cherche le contact, ce qui surprend Clotilde. S'approcher du demi-siècle c'est sortir du radar permanent du *male gaze*, désormais il est rare qu'elle soit importunée dans un espace public, les relous elle les croise plutôt dans les soirées. Elle saisit son sandwich, la canette lui échappe, rebondit, roule et roule sur le sol : elle a voulu faire vite, fuir, maintenant c'est raté. L'homme évidemment s'empare de la canette et demande au serveur de bien vouloir la changer. *Elle a été secouée, vous ne pourrez pas l'ouvrir sans vous en mettre partout.* Il semble prendre du plaisir à dire *vous en mettre partout.* Clotilde n'a plus de doute, ce couillidé s'imagine avoir trouvé en elle une source de compagnie.

Elle jette machinalement un coup d'œil sur la montre qu'il porte, ses chaussures à lacets parfaitement cirées, ses poignets de chemise. *Il a une bonne tête de client.* C'est l'éclat porcin qui dilate les pupilles de cet homme en costume d'une soixantaine d'années qui l'amène à produire malgré elle cette pensée. Elle l'éconduit sèchement, *Je vous remercie monsieur mais je tiens à rester seule.* L'homme vexé s'emporte presque d'un brutal *Mais madame qu'est-ce que vous vous êtes imaginé*, se dédouanant aussitôt par *Vous n'êtes pas mon genre.* Clotilde fixe les pupilles de cet homme en costume, l'éclat porcin s'éteint au profit d'une colère de tout petit garçon en train de nier qu'il a encore fait une bêtise. De voir la prédation se changer en mauvaise foi, Clotilde éprouve, c'est vrai, un infini plaisir. Elle rejoint son wagon, reprend sa place. Pendant qu'elle mâche et boit, sans qu'elle la sollicite, sa mémoire lui renvoie quelques souvenirs anciens. Ça lui permet de manger en étant divertie.

Le club des hétaïres

Clotilde n'est pas faite pour le monde du travail. Elle avait dû s'y mettre ses seize bougies soufflées, petits boulots d'été et emplois à mi-temps. L'accueil, la vente, la caisse, la banque, le télémarketing. Elle n'est jamais allée au bout d'un contrat, chaque fois elle a démissionné. Ou elle s'est fait virer, selon. Un rapport difficile avec la hiérarchie, le contact avec autrui et la photocopieuse. Elle devait se gaver de quarts de Lexomil pour garder à distance le réel et ses collègues. Elle a l'horloge interne complètement décalée, depuis toujours elle vit la nuit, le matin ne lui est pas naturel, les horaires s'imposaient à elle comme le septième cercle de Dante. Voilà pourquoi à vingt-quatre ans, elle avait décidé que c'était fini. La souffrance au travail, le travail, *tripalium* étymologiquement un instrument de torture ; l'aliénation par le travail, la location de son cerveau et de ses nerfs contre de l'argent, tout ça, oui, terminé. En conséquence, elle a choisi de faire pute.

Aujourd'hui, ça se dit plus, mais alors plus du tout. On emploie TDS pour Travailleuse du Sexe, ça rappelle concrètement qu'il s'agit d'effectuer des prestations de service. Mais Clotilde à l'époque aimait beaucoup se réapproprier l'insulte, répondre *pute* quand on lui demandait ce qu'elle faisait dans la vie à la place des études qu'elle venait d'arrêter. Elle assumait le choix de la marge, une forme de refus de participer. Puisque cette société était aux mains des hommes, au moins elle était sûre de les tenir par la queue.

Ce souvenir se passe en France, dans les dernières années, les vraiment toutes dernières du XXe siècle. Le terme patriarcat n'était pas usité hors de quelques cercles militants et des espaces où s'étudiaient les sciences humaines, on employait plutôt celui de phallocratie. Du grec *phallos*, « pénis en érection », et *cratos*, « pouvoir ». Le Petit Robert dit : « Domination des hommes (et de la symbolique du phallus) sur les femmes. » Wikipedia ajoute : « Domination sociale, culturelle et symbolique exercée par les hommes non apparentés sur les femmes. Par extension, structure misogyne et patriarcale dans laquelle la domination est exercée par les hommes apparentés. »

Clotilde affectionnait le terme phallocratie. Parce qu'il avait le mérite de dire combien la bite est au centre du monde, et surtout de spécifier qu'il n'y a pas que les pères qui exercent sur les femmes leur pouvoir, que la domination a lieu absolument partout, y compris hors de la structure familiale. Bien sûr, « phallocratie » ne pointait pas aussi précisément que « patriarcat » l'aspect systémique du problème. D'après le *Dictionnaire de l'ethnologie et de l'anthropologie*, le patriarcat se définit comme une « forme d'organisation sociale et juridique fondée sur la détention de l'autorité par les hommes, à l'exclusion explicite des femmes ». C'est pourquoi dans ce système le masculin peut incarner le supérieur autant que l'universel. Le patriarcat est l'outil de la phallocratie. L'heure est venue de le briser avec les os de la main qui en use, mais c'était différent quand Clotilde était jeune.

Dans les dernières années du XXe siècle, le féminisme pro-sexe constituait une piste concrète à suivre. Le sexe comme un outil politique de libération des femmes. Les féministes pro-sexe investissaient leur sexualité à l'extrême ; la notion de plaisir, de corps, était centrale. Clotilde, elle, habitait très peu son corps, à l'instar des enfants victimes de maltraitances et des psychés fragiles au point d'être dissociées. Explorer chaque parcelle de son enveloppe corporelle, découvrir d'insoupçonnées zones érogènes, ça ne pouvait pas pour elle constituer un projet. Prendre le contrôle sur les hommes, oui. C'est une grille de lecture qui n'est plus recevable. Les abolitionnistes ont en un quart de siècle fait pencher la balance, depuis #MeToo leur vision semble s'être imposée. Toute passe est perçue comme un viol tarifé, même pour celles qui, comme Clotilde à l'époque, se prostituent en freelance, de façon volontaire et sans aucun souteneur.

Appréhender de la même façon l'exploitation, la prostitution forcée, les réseaux, l'esclavage sexuel et un choix personnel lui a toujours paru relever de l'aberration. Elle avait en 2000 assisté à un colloque on ne peut plus sérieux organisé par l'Unesco, qui dès son titre niait une partie du réel : « Le peuple de l'abîme, la prostitution aujourd'hui ». Aucune association non abolitionniste s'occupant concrètement des personnes concernées n'avait été conviée, et la seule praticienne qui avait pris la parole l'avait fait en kidnappant le micro.

Elle avait par la suite lu Grisélidis Réal, sur la tombe de laquelle une plaque précise *Écrivain-Peintre-Prostituée*. Elle avait découvert combien le combat de la « putain révolutionnaire » se livrait sur le même champ de bataille, des décennies plus tôt, car rien n'avait changé. Dans *La Passe imaginaire*, Grisélidis, de retour d'un congrès sur la prostitution, écrivait, épuisée : « Se retrouver devant des murs de haines en chignons et en voiles de bonnes sœurs, je ne le supporte plus. »

Clotilde entend dire aujourd'hui que le client incarne le pouvoir patriarcal, que lui proposer d'assouvir ses pulsions est en contradiction avec le travail pédagogique en cours, visant à lui apprendre à se contrôler. Peut-être que oui, effectivement, se prostituer maintient le système phallocrate en place. Peut-être que la prostitution ne doit pas même figurer parmi les tentatives de réponse avancées face à la question fondamentale *Comment fait-on pour que les hommes cessent de violer ?*, que d'autres pistes doivent être explorées. Grisélidis Réal voyait un rôle social dans la prostitution, en ajoutant toujours : « C'est un art, un humanisme et une science, à condition d'être pratiqué volontairement et dans de bonnes conditions. » Peut-être que tout débat restera impossible, tant il est inaudible de faire ce choix, de « pratiquer volontairement », ce qui fait que jamais n'adviendront « les bonnes conditions ».

Peut-être qu'aussi, inéluctablement, l'image de la prostituée véhiculée dans un certain nombre d'objets culturels, au sein d'une société formatée par le *male gaze*, a eu sur Clotilde une lourde influence. La panoplie, le folklore, des danseuses de saloon aux cocottes des vieux films, tout était là pour qu'elle soit fascinée. Mais elle ne se percevait pas pour autant comme une victime, à l'innocent imaginaire manipulé par mille et un grands méchants loups. Elle se jouait de *leur* imaginaire, c'est dans ce sens-là que ça se passait.

Aujourd'hui, Clotilde reste pro-choix et préférerait que les travailleuses et travailleurs du sexe soient reconnus et encadrés, intégrés, protégés. Elle sait que son expérience n'est pas du tout le reflet de ce que vivent les TDS qu'elle croise de temps en temps. Et que sa capacité à se dissocier de son corps pendant les prestations lui rendait la tâche plus facile, moins invasive et impactante. Néanmoins.

Dans les dernières années du XXe siècle, Clotilde aimait répondre *pute*, mais ça n'était pas le terme qui était employé : on disait *hôtesse de bar*. À la fin des années 1990, il y avait cent soixante-dix établissements de ce type à Paris. Du cabaret glauque de Pigalle au bar ultra-chic du 8e, en passant par le Baron qui se donnait des allures de boîte de nuit : on y trouvait plus de soixante filles. Le principe était simple : la fellation sur place, la baise à emporter. Pour pouvoir accéder aux prestations de service, le client devait prendre une bouteille. Une bouteille de champagne : le Lanson à mille francs, le Cristal Roederer à deux mille. Dans les petits salons, la fellation : mille francs avec préservatif. Il arrivait parfois qu'on la baisse à huit cents. On ne couchait pas sur place, on appelait *la sortie* suivre le client chez lui ou à l'hôtel. La sortie : deux mille francs. Attendu que son loyer était de trois mille francs pour trente-cinq mètres carrés, Clotilde gagnait très bien sa vie et pour la première fois appréciait ses collègues.

Le bar était dans le 16e, près du Trocadéro. C'était un endroit chic, de la moquette très épaisse, des fauteuils clubs, un long comptoir en acajou. Tenu par Clara, une lesbienne, et Gina, une ancienne hôtesse. Le barman était anglais. Elles étaient moins de dix filles, chacune très différente. De la Slave à l'Africaine, de la pro à l'étudiante. Clotilde était la brune piquante, le carré années 30, la robe noire et les perles, escarpins Salomé, fume-cigarette et bas couture. Elle aimait les costumes autant que le décorum.

Le rituel était immuable, assises sur les banquettes, elles attendaient leur tour. La première se levait, allait voir le client qui venait de s'asseoir au bar. Elle se glissait à côté en susurrant : *Bonsoir, un petit peu de compagnie ?* Fixer l'homme dans les yeux, dilater les pupilles. Établir le contact en balançant des signes. Mouvement d'épaules et battements de cils. Généralement, il disait oui.

Elles avaient toutes leurs habitués. De l'assistant parlementaire au dentiste du quartier, du bon père de famille au célibataire débauché. Ceux de Clotilde avaient besoin de parler. Elle se transformait en psy qui couche. Ou elle allait au restaurant. Juste au restaurant, sans coucher. Bien sûr c'était ce qu'elle préférait, aller dîner chez Guy Savoy pour écouter un PDG se lamenter sur son existence. En échange, elle avait huit cents francs. Ils lui parlaient de leur travail où ils étaient pressurisés. De leur femme qui ne se laissait plus toucher depuis la naissance du petit dernier. Clotilde n'éprouvait aucune compassion, mais penchait légèrement la tête en prenant un air concerné. Le temps passait très vite, elle ne s'ennuyait pas. Elle redoutait toujours de s'ennuyer. Rien ne l'angoissait davantage que la routine. Au bar, il n'y en avait pas. Par contre, la musique, c'était toujours la même.

Le bar était ouvert du lundi au vendredi de dix-huit heures trente à deux heures du matin. Pour mettre de l'ambiance ou pour la relancer, le barman leur mettait à chaque fois les Spice Girls. *Wannabe*. C'est pas tellement pratique pour tailler une pipe, *Wannabe* des Spice Girls. Ça va beaucoup trop vite et le préservatif fait une cloque au palais. Depuis, quand Clotilde entend cette chanson, elle a un goût de plastique lubrifié dans la bouche.

Mais évidemment dans la semaine, de dix-huit heures trente à deux heures du matin, elle se fadait aussi des cons. Des qui voulaient négocier les prix, des qui ne jouissaient pas, des qui tripotaient, des qui voulaient embrasser. Les putes n'embrassent pas, c'est connu. Le baiser relève du privé et le privé est politique. Ça ne les empêchait pas de baver. Une fois, à l'hôtel, un client a fouillé dans le sac de Clotilde pendant qu'elle se douchait. L'erreur de débutante, ne jamais lâcher son sac des yeux. Il a repris l'argent de la passe. Quand Clotilde s'en est rendu compte, elle a mis beaucoup de temps à mettre des mots précis sur ce qu'elle ressentait. Sans argent, plus de consentement ; l'escroquerie changeait l'acte sexuel en une sorte de viol a posteriori. Elle n'en a parlé à personne, la honte la dévorait.

Clotilde gagnait très bien sa vie, mais en voulait aux hommes, elle ne se le cachait pas. C'est pour ça que rapidement elle s'est spécialisée. Il y avait une demande, une demande régulière, de la part des masochistes. Ses collègues les détestaient. Elles trouvaient ça malsain. Les masos, on ne les baisait pas, mais parfois il fallait leur pisser dans la bouche. Les filles ne faisaient pas les masos. Clotilde, elle, pas les vieux. Ce n'était pas de la gérontophobie, c'était plus pragmatique : elle craignait qu'ils ne lui meurent dedans. Elle y pensait, projetait. Vraiment, les vieux, ça l'angoissait, mais les filles c'étaient les masos, c'est pas bien rangé dans leur tête, ils feraient mieux de se faire soigner. Pour Clotilde c'est devenu tout de suite un défouloir. Elle les prenait le vendredi, ça libérait toute la tension accumulée durant la semaine.

Dans le fauteuil du train qui la rapproche de Brême où elle s'installera enfin dans celui pour Heidelberg, Clotilde mâche son sandwich en se rappelant combien elle avait pu être une domina en carton. Elle tirait sa culture BDSM des pornos normatifs et il n'y avait pas Internet. Autant dire qu'elle était parfaitement ignorante et ne présentait aucune appétence pour le savoir-faire des donjons. Ce qui l'animait, c'était le mépris et l'occasion de les dérouiller. De faire n'importe quoi avec. Absolument n'importe quoi, sans technique, en inventant tout. Le code, par exemple, le code de sécurité pour qu'elle stoppe quand ça leur faisait trop mal. C'était la phrase de Balladur : « Je vous demande de vous arrêter. »

Sa panoplie donnait vaguement le change, elle adorait se déguiser, cuissardes et guêpière en vinyle, elle avait l'impression de devenir une Catwoman participant, les yeux et les lèvres outrageusement fardés, à un concours de cosplay. Elle possédait une cravache courte dont elle se servait très mal et des ongles excessivement longs qui faisaient saigner les peaux sans lui demander d'effort. Des godemichets de plusieurs tailles, mais aucune pince à tétons. De la ficelle à rôti, aussi, pour les couilles de Maurice. Maurice c'était le pire de ses clients masos, toujours à quémander *Punissez-moi maîtresse* en transpirant beaucoup. Elle lui faisait vraiment mal, mais jamais suffisamment, jamais assez. Il l'épuisait vraiment, parfois ses bras étaient perclus de courbatures.

Clotilde devait se débarrasser de Maurice, il pourrissait ses vendredis, elle s'en trouvait crevée le week-end. Mais Maurice était un client, un bon client, un habitué, connu par les tenancières du bar. Elle refusait déjà de faire les vieux, elle ne pouvait pas en plus choisir ses masos, c'était quand même un bar à putes, on était dans le monde du travail. Il fallait que Maurice disparaisse de lui-même, sans se plaindre à une des patronnes ou au barman. Clotilde a passé trois semaines à chercher, elle ne savait pas grand-chose de lui. Il avait cinquante ans, était chef d'entreprise. Il avait trois enfants. Était très fier de sa BM et adorait se faire enculer. C'était mince, soit, mais suffisant pour élaborer un plan.

Dans le petit salon où elle recevait Maurice, le champagne était servi dans un seau rempli de glaçons. Elle a compris que c'était sa seule arme. Maurice la suppliait d'y aller toujours plus fort, le gode était énorme, comme ses hémorroïdes. Elle a inspiré un grand coup et lui a proposé *un petit rafraîchissement*. Un petit rafraîchissement : elle lui a enfoncé un tas de glaçons dans le cul. Un petit rafraîchissement un peu comme un lavement, Maurice s'est chié dessus. Dans son joli costume, avant d'être obligé de s'asseoir dans sa BM pour rentrer chez sa femme rejoindre ses trois enfants. Ce qu'il leur a raconté, s'il s'est fait remarquer, impossible de le savoir. Il est parti très vite et n'est jamais revenu. Clotilde, elle n'a rien dit du tout. L'année suivante, elle arrêtait le bar. Son premier manuscrit a été publié et Clotilde Mélisse est devenue écrivaine. Elle ne gagne pas très bien sa vie et fréquente très peu ses collègues. Elle n'est vraiment pas faite pour le monde du travail.

La voix humaine

Sur la tablette il y a des miettes, Clotilde prestement la nettoie. Il lui reste moins de deux heures avant de descendre du train et d'effectuer le dernier changement. Le temps presse, il lui faut comprendre à quoi ressemble le puzzle, si possible avant d'atteindre Heidelberg. Elle ressort de son crâne les souvenirs fermement cousus de fil blanc et de plastique, tente de lire dans la mosaïque, constate qu'il manque des éléments. Alors elle plonge une main tout au fond de sa tête et saisit un petit bout de mémoire gélatineux. Elle le presse légèrement entre le pouce et l'index, ça fait de la musique, un début de mélodie, clochettes électroniques, cordes synthétiques, une envolée.

Avril touchait à sa fin et la correspondance entre elleetlui rythmait le quotidien avec une régularité qui enchantait Clotilde. Le sentiment de solitude était éradiqué, il lui semblait avoir le Monstre à ses côtés, et cette présence était infiniment plus vive et galvanisante que dans toutes ses relations passées, y compris celles où elle partageait le quotidien de l'aimé. Ses mots valaient mille gestes, chaque phrase un enlacement.

Elle envoyait un mail à l'aube avant de rejoindre son lit, Guillaume lui répondait vers midi ; ses mots l'accueillaient au réveil. Un échange dans l'après-midi, puis il disparaissait toujours à dix-neuf heures. Clotilde faisait abstraction de ce qu'il devenait le soir, la nuit, dans le réel. Comme elle feignait de ne pas être saturée de silence les samedis et dimanches : le week-end il s'éclipsait, laissant s'écraser contre l'absence les oeti qfti de la Reine.

Elle se refusait toujours à affronter le fait que Guillaume était en couple, que le Monstre était pris, qu'il ne pouvait être à elle. Elle percevait leur lien comme supérieur à tout autre, ils étaient elleetlui, ils étaient l'écriture. Elle était persuadée que rien n'étant plus puissant, arriverait un jour où Guillaume lui dirait *Je viens à vous mon amour*. Ce jour mettrait sûrement du temps à advenir, mais Clotilde poursuivait le siège de la tourelle avec obstination. Néanmoins dans ses tripes grondait la frustration. Son désir pour Guillaume ne transmutait pas, et la sublimation n'était pas suffisante.

Le Monstre répétait avoir peur des falaises, il savait que voir Clotilde c'était passer à l'acte, tromper l'homme avec qui il partageait sa vie. Il disait qu'il ne mentait plus et ne voulait plus mentir. La Reine commençait à être lasse, elle ne savait comment le faire céder. Elle devenait irritable : lorsque le mail tardait au-delà du raisonnable, elle ne l'attendait plus comme une toxicomane. Ce n'était plus le manque qui la faisait crier à en faire sursauter Citrouille, mais une forme de colère. Elle grinçait des phrases comme *Il me prend pour une conne, Il éprouve du plaisir à me rendre guedin.* Elle redoutait parfois que les filles et Wilfried n'aient pas complètement tort : Guillaume se divertissait ou voulait se faire aimer d'une femme, qu'importait le mobile : peut-être qu'elle était seule à prendre autant au sérieux le pouvoir de la poésie, à voir dans elleetlui une forme d'absolu, à y lire de l'amour.

Elle avait toujours voulu croire à la notion d'âme sœur, or qu'est-ce que l'écriture si ce n'est le reflet de l'âme ? Si elle voyait en Guillaume son âme sœur, que voyait-il en elle ? Une partenaire de jeu qu'on range dans un placard dès qu'il est dix-neuf heures ? Une source de flatterie, un lac d'adulation dont on sort revigoré, la peau et l'ego raffermis, avant de se parer de ses habits du dimanche pour danser tout le week-end une valse légitime ?

Il fallait que les falaises poussent, que le sol se déchire au plus vite, qu'il se passe quelque chose IRL. Comment attirer le Monstre hors de la clairière, lui qui s'enfuyait dans les bois dès qu'elle évoquait son désir ? Fallait-il qu'elle s'y prenne comme on apprivoise un renard, traque un lapin dans son terrier à coups de fumigène, ou met en cage un écureuil ? Il avait envie d'elle mais elle devait le forcer, c'en était humiliant, tout ça n'avait pas de sens.

Des amis musiciens, qui se produisaient sous le nom d'Ulysse & Télémaque, lui proposèrent à ce moment-là de travailler ensemble sur un disque : elle saisit l'occasion d'en faire une preuve d'amour. Elle se dit que déposer des chansons à ses pieds comme des vers en offrande pourrait tant le toucher qu'il en descendrait de la tourelle sur un air de Michel Legrand. L'album s'appellerait *elleetlui* et il raconterait leur histoire sur des airs d'electropop new waveuse. Face à tant de poésie, le Monstre ne pourrait résister, Clotilde était certaine de le viser en plein cœur. C'est ainsi qu'elle écrit *Les falaises c'est par là*, pas vraiment une chanson, un poème sans refrain qu'elle comptait enregistrer en spoken.

Ils ont couru sur le sentier / Sourires couture printemps été / Ils ont détricoté la laine / La pelote du Monstre à la Reine / Le sol s'appellera Étretat / Sauvé des eaux à petits pas / Du sang d'agneau et de la craie / Pour écrire plus personne se tait / Ciel de clairière lustre éconduit / Ils font plus jeunes passé minuit / Au bal des amants cuir chagrin / Une décennie c'est un matin / Quelque chose réveille les hiers / Ils peuvent brûler les oripeaux / La morsure était singulière / Comme une virgule à même la peau / Quelque chose est mort un hiver / Une écharpe et des sanglots longs / Un roman ou un fait divers / Trois cœurs, une défenestration / La roue tourne tellement mon amour / Ils gambadent et ils font les paons / Mais quelqu'un souffrira toujours / Et ce sera elle, apparemment / Ils ont couru sur le sentier / Fera-t-il le choix de la noyer / L'eau sera-t-elle noire quand les biches boivent / Les larmes de Sa Majesté / L'eau sera-t-elle noire maintenant qu'ils savent / Qu'ils ne peuvent être séparés / L'eau sera-t-elle noire maintenant qu'ils savent / Qu'ils ne peuvent être séparés / Ils sont debout sur la falaise / L'air est chaud, les renards sauvages / Si leurs pupilles se font de braises / C'est pour coller au paysage / Ils sont debout sur la falaise / La Reine et le Monstre, acculés / Le mot destin avec un dièse / Ils ont très envie de s'embrasser / J'ignore comment l'histoire s'achève / Mais je pourrais la raturer / Parfois un miroir sous la neige / Change en Lilith la reine des prés / Ciel de clairière, lustre éconduit / Partout, les falaises ont poussé / Un rendez-vous manteau de nuit / Puisque ça ne peut qu'arriver.

Guillaume en fut touché, ventricules retournés, mais l'hommage de la Reine ne fut pas suffisant pour modifier le réel. Les falaises ne poussaient pas, coincée dans la clairière Clotilde sentait le courroux changer son sang en plomb, elle faisait les cent pas en hésitant parfois à sortir un canif : énucléer les daims ou crever la pleine lune apaiserait peut-être, se disait-elle, la tension. Elle se tut plusieurs jours, autant pour voir la réaction du Monstre que pour signifier son agacement. Elle regardait les mails tomber dru dans sa boîte, l'inquiétude poindre autant que les supputations. Oete qfte, demandait-il, révélant que son silence créait un manque aigu. Clotilde profita de la brèche pour agir. Elle pensa à Julien Sorel saisissant la main de Madame de Rênal alors que le dernier coup de dix heures retentissait encore. Il fallait qu'elle tente quelque chose, que le siège interminable se transforme en conquête. Elle se trouvait soudain bien lâche de se contenter d'attendre en le couvrant de rimes. De peur qu'il ne s'enfuie, de crainte qu'elle ne le perde, elle n'osait jamais rien.

Clotilde se rappela l'épisode de la noyade, *Elle ne veut pas qu'il disparaisse // Il ne veut pas qu'elle disparaisse / Il reconnaît et admet le lien*. Aussi la Reine se dit : il ne s'évaporera pas. Elle ne pouvait frontalement demander les falaises, comment faire pour que du sol jaillissent des blocs de craie ? Elle avant tant envie de son souffle en rafales, à défaut de son corps, elle exigea sa voix au creux de l'appareil. Cela faisait dix ans qu'elle ne l'avait entendue. Quoique.

En vérité Clotilde écumait Internet en quête de vidéos et d'émissions de radio. Tout ce qui concernait Guillaume, elle l'avait lu, vu, écouté. Les vidéos, en boucle, des heures. Au point d'avoir retenu certaines réponses par cœur, en dépit de sa mémoire flinguée par le THC. Elle se repassait ses interviews comme si c'était à elle et rien qu'à elle qu'il s'adressait, se délectait de son timbre profond comme un tombeau saupoudré de sucre glace, au grain fin et onctueux ; des œufs en neige, sa voix. Elle s'endormait avec ses écouteurs, le Monstre lui chuchotait dans l'aube claire des choses comme : *Cocteau disait, si je ne m'abuse, que la vérité trop nue ne peut exciter les hommes*. Alors elle répondait, les yeux clos, à mi-voix, *Je serai un mensonge en fourreau de satin*.

Certaines nuits, plus rien ne la distinguait de ces fans complètement mabouls qu'on voyait dans les reportages télé des magazines dits de société, *Je vais épouser Mylène Farmer* et autres *Claude François for ever*. Elle appuyait sur pause, puis faisait des tas de traces de doigt sur l'écran de son ordinateur en suivant de son index la ligne du divin museau, parfois même la peau nue que découvraient ses chemises ouvertes sur trois boutons, ou l'échancrure de ses tee-shirts. Elle visionnait chaque occurrence en quête du moindre détail, et bien que dix ans fussent passés, elle retrouvait intacte sa façon de plisser les yeux, son rire léger et chaloupé, son exaltation en pleine phrase, ses gestes vifs, toujours gracieux. Lors d'une rencontre filmée en festival, Clotilde constata en souriant que sur ses mains couraient des numéros tracés au feutre et des mots illisibles : il avait donc gardé l'adorable habitude de s'écrire dessus pour se souvenir.

Elle visitait ainsi d'infimes instants de sa vie à lui, la promotion de ses films, un débat ou une conférence. Un moment de gêne intense où Guillaume devait se fader un mauvais court métrage pour ensuite le commenter de manière bienveillante, délayant ses retours dans un seau de références, alors que ses yeux criaient que rien n'était à sauver. Elle riait et glosait, était emportée, des élans si violents que Citrouille s'alarmait qu'elle pût le trouver si beau dans le miroir noir, tant ses soupirs et gémissements déchiraient l'air et ses tympans ; les chats ont les oreilles sensibles.

Clotilde dans le train en direction de Brème observe le petit morceau de gélatine mémorielle, ses bords épousent la pièce huileuse comme du mercure, elle sort directement sa bobine de fil plastique, en glisse un bout dans le chas de l'aiguille et coud. Ce faisant elle se souvient de tout ce qui a suivi. Elle s'attendait à du silence, au moins vingt-quatre heures de silence, quand elle lui avait demandé qu'ils se parlent dans l'appareil, laissant son numéro à la fin de son mail. Parce qu'il s'évanouissait dès qu'elle s'avançait trop, que le grappin se plantait dans le rebord de la fenêtre de la tourelle, qu'elle saisissait la corde pour grimper jusqu'à lui. Elle redoutait que le Monstre ne panique : livrer son 06 à la Reine, c'était prendre le risque de lui donner les clefs de la réalité. Celle de la porte de service, mais par laquelle tout de même elle pouvait s'infiltrer pas très loin de l'évier.

Qu'est-ce que le téléphone pour une personne en couple qui relationne à côté, secrètement, avec une tierce ? Un danger évident, une bombe à retardement. Guillaume savait que l'accès à l'appareil, ce n'était pas que la voix humaine, c'était également des sms sur l'écran encore vierge, des mots qui se gravent dans le portable, la preuve irréfutable qu'un coup de canif est donné. Mais Clotilde savait aussi que surgir faire sonner écrire serait perçu comme un abus à l'effet contre-productif. Le pacte était déjà tacite : jamais ce ne serait elle qui appellerait. Quant aux messages écrits, aucun oeti qfti tant qu'il n'ouvrirait pas lui-même la porte principale à deux battants.

Il était treize heures trente, le lendemain, quand elle fut soudain prise d'un doute qui la jeta dans les escaliers de *Vertigo*. Le Monstre était imprévisible et détestait rejetait les contrats autant que les promesses d'engagement. *Elle ne veut pas qu'il disparaisse // Il ne veut pas qu'elle disparaisse / Il reconnaît et admet le lien :* sa parole avait-elle pour de vrai une valeur ? Serait-il possible que l'ombre de la Reine s'étendant près de l'évier le fasse s'affoler au point qu'il l'abandonne ? Pourrait-elle brutalement le perdre pour avoir réclamé d'entendre la voix humaine ? Serait-il capable un jour de déserter la clairière ? De renier elleetlui, de faire le deuil de leur écriture ? Il était plus de quinze heures et elle n'arrivait toujours pas à travailler.

Aujourd'hui Mesdames avançait, le chapitre du jour portait sur cet étrange déni qu'avaient de nombreux hommes face à leurs privilèges, sur leur refus d'admettre que la société française était régie par la domination masculine. Dans la bouche de certains, les inégalités salariales n'étaient qu'un vieux souvenir ; dans celle d'autres, charge mentale et tâches ménagères étaient depuis longtemps équitablement partagées. Les langues claquaient aux mots impunité, sexisme, abus de pouvoir, culture du viol. Les violences faites aux femmes se dissolvaient contre le palais, les mortes avaient un goût de rien, les ecchymoses fondaient au contact des papilles sans jamais les brûler. Les haleines alourdies de contrevérités masquaient de notes aigres, vinaigrées, les corps les âmes les cris, tout ce qui justifiait la venue de la Violette.

Clotilde les regardait, ces bouches, mâcher cracher avec tant d'assurance *L'émancipation des femmes est achevée, Vous avez le droit de vote et le droit à l'avortement, Le patriarcat n'existe pas en France, Vous pouvez faire les études et le métier que vous voulez, Ici, c'est pas l'Afghanistan, Mon ex-copine a avorté et ça s'est super bien passé, Le patriarcat n'a jamais existé en Occident, Il y a des féminicides parce que malheureusement il y a des meurtres dans ce pays, Les femmes ne sont pas les seules victimes de viol : être un garçon n'est pas un privilège, Depuis cinquante ans on n'entend que vous, Avant c'était la bonne entente aujourd'hui bravo c'est la guerre, Vous avez accès au pouvoir, personne ne vous empêche de le prendre, Le malaise des femmes s'explique moins par des résidus de domination masculine que par l'accession des femmes à tous les problèmes des hommes, OK, mais prenons un dernier verre.*

Clotilde avait remarqué à quel point leur aveuglement était sincère, ils ne cherchaient même pas à camoufler le réel, ils ne le voyaient pas, ils ne l'entendaient pas, ne le ressentaient pas. Parfois elle se disait qu'être un homme sous la Violette devait être aussi confortable qu'être un noble en 1789. Et puis elle regardait ces bouches qui mâchaient recrachaient, et sa colère fissurait le bitume, une faille des Buttes-Chaumont à la porte de Versailles. Elle avait renoncé à la pédagogie autant qu'à l'empathie, leurs lèvres avaient de l'écume aux commissures, ça lubrifiait sûrement la lame, Guignol et le Gendarme ont le sourire de l'ange après avoir croisé Madelon.

Ce n'était pas du déni pour protéger leur fief, où le phallus se dressait à l'instar du clocher sur la place du village. C'était bien pire que ça, de la situation ils n'avaient pas conscience ; aucunement ; c'était bien plus que du déni, c'était de la forclusion. La forclusion, en psychanalyse, est un mécanisme psychique, un rejet de l'inconscient face à une représentation insupportable. C'est la traduction de Jacques Lacan du *Verwerfung* de Freud. La forclusion, c'est le mécanisme de défense à l'origine de la psychose.

Clotilde n'avait jamais réussi à lire Lacan dans le texte, ni à suivre de psychanalyse. Pour autant il lui semblait qu'à force de se penser et de se définir à partir du phallus et du complexe de castration, la masculinité occidentale, et a fortiori française, avait sombré dans la psychose collective. Pour nier le réel à ce point, il fallait que ces types soient cintrés.

Il était dix-sept heures cinquante quand Clotilde commença à s'oublier dans le travail, à se délester de tout, du moindre brin d'herbe de la clairière, du sucre glace, des œufs en neige. L'attente n'existait soudain plus, quand à ce moment précis le mail de Guillaume tomba dans sa boîte, sur le second écran, bien plus grand que celui de son pc portable, un rectangle à sa droite. Il n'y avait pas de son, mais dans son champ de vision la ligne supplémentaire captait l'attention même immergée dans Word. La requête royale venait d'être acceptée. En une pincée de lignes, oui, demain, l'appareil. Guillaume était imprévisible : parfois Clotilde adorait ça.

42

Il était à peine quatorze heures quand l'écran du téléphone de Clotilde afficha le lendemain un numéro inconnu. Elle sortait de la douche, crut qu'il s'agissait d'un livreur ou d'une question de travail. Elle en avait beaucoup, des questions de travail. Comme elle avait toujours sur le feu plusieurs chantiers, livres, performances, scénarios, interventions publiques, lectures ou master classes, elle avait à gérer de l'administratif, or elle était phobique, de fait enterrait tout et se sentait harcelée dès qu'on lui demandait son numéro de Sécu. Aussi elle fut surprise, n'était pas du tout préparée à entendre *C'est lui.*

Le plaisir était si grand qu'elle en frôla l'orgasme, Citrouille sur le canapé l'observa fondre lentement à en devenir une flaque sur l'assise du fauteuil en plastique et acier. Ce qu'ils se sont dit raconté, Clotilde a beau presser tout près de son oreille le tout petit morceau de gélatine mémorielle, dans le train qui bientôt va s'arrêter à Brême, elle ne l'entend pas, non, pas du tout. Il ne lui reste que la substance, l'essence et les mots clefs de cette conversation. Ça colle un peu aux doigts, mais elle peut voir dedans.

Leur parole coulait et coulait comme des molécules d'eau, c'était frais, profond, fluide ; de l'appareil ne cessait de courir un ruisseau. Clotilde avait mis son portable sur haut-parleur, la voix de Guillaume se diffusait enchantant toute la pièce, de l'herbe poussait sur le parquet, les murs se changeaient en ciel d'encre, Citrouille se transformait en daim puis en renard sauvage. Leur parole coulait et coulait, ils se l'étaient donnée, parler franc parler vrai, leur cœur plus transparent encore qu'un aquarium.

Du sommet de leur genèse à leur présent sur les coteaux de l'appareil, ils s'avouèrent pierre à pierre ce qu'ils avaient ressenti, comment chacun avait vécu l'histoire d'elleetlui ; naissance déploiement mort, maintenant résurrection. Ils évoquèrent la fin de l'acte I, la rupture, la souffrance, se confiant leur trou dans le ventre et le manque lancinant de leurs échanges épistolaires. Ils parlèrent aussi de la noyade, côté Guillaume spectaculaire ; d'avoir pu provoquer ses larmes, Clotilde se trouva bouleversée. Ils en arrivèrent à la même conclusion : leur lien était unique dans leur biographie et son intensité semblait inaltérable ; il s'imposait, les dépassait, ils devaient composer avec. Le problème c'était de savoir la forme qu'il pouvait prendre.

Guillaume fut obligé d'entrer dans les détails de sa situation, Clotilde l'interrogeait de manière très frontale, pour la toute première fois elle agissait comme elle le faisait d'ordinaire, avec n'importe qui, quel que soit le contexte. Elle détestait le flou et les paroles d'anguilles, clouait très volontiers les langues n'allant pas droit au but. Elle n'avait aucun goût pour la diplomatie, ni aucune compétence en la matière. Elle était incapable de jouer trois coups d'avance, la dissimulation lui cramait les artères, les masques lui collaient de l'eczéma. Le nébuleux, hors elleetlui, Clotilde ne connaissait pas. La présence de la brume provenait de la poésie : jamais ils ne se parlaient normalement, à force de métaphores et de tournures jonglant avec des perles tordues leurs phrases se faisaient sibyllines, sujettes à de multiples interprétations, au point qu'eux-mêmes avaient déjà commis des contresens. Il va de soi qu'ils en riaient, sans qu'il leur vienne à l'esprit de clarifier leur mode de communication. *Ils ne comprennent rien / Tout cela est délicieux*.

Clotilde fut obligée d'entendre la vérité, ce qui constituait le réel de la situation : qui exige un coup de vent peut en mordre la poussière. Elle le savait en couple, avait depuis longtemps compris qu'il partageait son quotidien, en avait déduit que le compagnonnage durait depuis un certain temps, combien d'années, elle s'était dit trois, au hasard. Qui était l'homme, elle ne voulait pas l'imaginer le projeter, peu importait puisque l'homme n'était que l'évier, alors qu'elle, elle était la Reine.

Dans le train qui ne va plus trop tarder à arriver à Brême, Clotilde se souvient du séisme lorsque la voix de Guillaume lâcha en poignées de syllabes *Il aime le même homme depuis huit ans il vit avec il s'appelle Juan il est argentin*. Le sol se déroba en même temps que sur sa tête il pleuvait des cailloux et des nuées d'oiseaux morts. Chaque information prononcée lui défonçait le crâne tout en lui broyant le cœur. Il aimait, déjà il aimait, il n'était pas qu'avec un homme, à côté de l'évier, non, il aimait l'inox et prenait du plaisir, c'est sûr, à le lustrer. Ensuite, huit ans c'était énorme, jamais Clotilde n'avait tenu plus de six avec quiconque. Toujours avant, elle s'ennuyait. Comment le Monstre pouvait-il ne pas s'ennuyer au bout de huit ans, quel était le secret de ce Juan, serait-ce parce qu'il était argentin ? Une image s'imposa : en costume élégant sur un parquet ciré Guillaume dansait le tango une rose entre les dents. Clotilde crut crever.

Alors que derrière la vitre, de Brême on aperçoit la découpe des lumières, Clotilde voit le souvenir gonfler en bout de puzzle. La gélatine enfle comme une bulle qui risquerait bien d'éclater. Pour autant, elle poursuit l'inspection de sa réminiscence, reprenant au moment où sa raison lui disait de fuir. Guillaume aimait depuis huit ans, cela aurait dû lui suffire, l'abandon relevait du bon sens. Mais c'était sans compter sur le cerveau de Clotilde qui était plein de ressources. Plutôt que d'activer le mode état d'urgence, il se mit à fouiller le moindre de ses tiroirs jusqu'à en exhumer une liste de statistiques retenues dans un article. Des statistiques fondées sur les couples mariés, mais danser le tango une rose entre les dents ou se faire jeter du riz sur un parvis quelconque, ça revenait au même, c'était bien la même chose.

En France, les divorces avaient lieu au bout de cinq ans, ou neuf, ou quinze. Guillaume et Juan, sans bague au doigt, avaient dépassé les cinq ans ; il y avait de l'amour, ils dépasseraient les neuf. Le cerveau de Clotilde calcula : quinze ans c'est dans sept ans, puis se demanda : ça vaut le coup d'attendre ou mieux vaut-il tout de suite arrêter les conneries ? L'amygdale basolatérale et le cortex préfrontal dorsomédial s'apprêtaient à lancer le choix de l'évitement, quand une vague d'entêtement balaya leur message. Ce qui se passa concrètement au sein de son ciboulot, les neuroscientifiques n'en ont peut-être pas la clef.

Aussi s'entendit-elle répondre fermement à Guillaume *Elle pense qu'elle est capable de l'attendre toute sa vie.* Puis son sang se figea, à croire que le corps prenait le relais défensif, qu'à défaut du cerveau c'étaient ses membres sa chair qui faisaient soudain le boulot. Car d'en être rendue là, et de le reconnaître, pire : de le déclarer, Clotilde en son orgueil se trouvait terrassée. Elle se rattrapa aux branches, articulant vivement *Mais elle ne va pas le faire, la relation en serait trop déséquilibrée.* La salive lui manqua suite à tant de ridicule. Célibataire et abstinente, de lui éprise jusqu'à la moelle, faisant depuis des mois le siège de la tourelle, les branches avant de céder écorchèrent ses paumes et tranchèrent ses tendons.

Tandis qu'elle se relevait, vacillante, Guillaume lui tendit la main. Elle ne l'attendrait pas, c'était hors de question. Elle ne l'attendrait pas, mais lui aussi l'aimait, elleetlui une histoire, celle de l'intensité ; elleetlui, l'écriture, trouver une solution. Trouver une solution. Guillaume lui demanda *Mais comment vont-ils faire ?* Le cerveau de Clotilde envoya sa réponse et sa bouche prononça, sérieusement, *42*. En chiffres, pas en lettres, même si la différence ne pouvait pas s'entendre. Parce que dans *Le Guide du voyageur galactique* de Douglas Adams, la réponse à « la grande question sur la vie, l'univers et le reste », apportée par le plus puissant de tous les ordinateurs, après sept millions d'années à travailler sur la question, est « 42 ».

Ainsi ils parlèrent ensemble pendant précisément trois heures et vingt-deux minutes. Guillaume semblait prêt à poursuivre, Clotilde dut écourter bien qu'elle souhaitait que le coup de fil jamais ne finisse : sa vessie explosait. Ils se quittèrent en se disant *À tout à l'heure dans la clairière*. D'avoir passé du temps sur ces presque falaises galvanisa la Reine, prête désormais à tout : le Monstre avait demandé *Mais comment vont-ils faire ?* À elle de proposer plus concret que 42.

Plus tard, à son bureau, Clotilde tenta de décortiquer le problème. Elle avait l'étrange sensation d'être clouée devant une équation d'algèbre. Elle était nulle en maths, avait eu 1 sur 20 au bac, nulle nulle comme pas permis. De temps à autre, elle saisissait, ça durait un fragment de seconde, puis tout s'évanouissait dans les limbes f de x racine carrée de pi. Elle ne comprenait rien. Mais jamais, rien du tout. Pour autant sur ce coup-là, elle devait y arriver. Trouver une solution, la formule adaptée. Il y avait elleetlui, la Reine, le Monstre, la poésie ; l'évier, le tango et Juan. Et le fait que Guillaume ne voulait pas mentir. Elle se dit *42 aujourd'hui à Paris, calculer les possibles et leur donner une forme, ce n'est peut-être, au fond, pas si compliqué que ça.*

Elle choisit l'option géométrie pour tracer des schémas, sortit une équerre, un compas, un crayon, une feuille et un double décimètre. Évidemment, très vite, elle se mit à pleurer. Citrouille prise de pitié sauta sur ses genoux pour saisir le crayon entre ses pattes, et plutôt que des figures, préféra dresser une liste de ce qui se pratiquait. *Chez les bourgeois, la Reine est dans l'ombre / Chez les queers, le Monstre est en garde partagée / Chez les queers militants, la clairière déménage en dansant le tango tout au fond de l'évier / Chez Balzac, la Reine meurt de chagrin et du Covid dans une robe en soie mauve.* Clotilde sécha ses larmes et remercia Citrouille avec une boîte de thon.

La garde partagée était la solution, elle la soumit immédiatement à Guillaume, objet de son mail : 42. Elle était persuadée que c'était la bonne forme, que les falaises désormais s'érigeraient en plein vent. Aussi fut-elle surprise d'apprendre le lendemain que l'évier refusait d'entendre parler de la Reine autant que d'elleetlui. Aucune négociation n'était envisageable. Clotilde échec et mat ne prendrait pas le roi et se vit renvoyée au bas de la tourelle.

La voix du chef de bord annonce que le train entre sous peu en gare centrale de Brême ; il le fait en allemand et prononce donc *Bremen*. Clotilde regarde le puzzle, dans la gélatine un cratère, à force de gonfler la bulle a explosé.

Elle y jette un coup d'œil avant de ranger l'ouvrage et de le glisser dans sa tête. Le trou est si profond qu'il en traverse presque l'épaisseur du souvenir. Elle y enfonce un ongle, aussitôt reçoit la pointe d'une lame dans le cœur.

En descendant sur le quai, Clotilde pense à Judith, Adélaïde, Wilfried, Bérangère, Hermeline. La soirée où la Reine fut secouée sur son trône, la nuit où de la tourelle toustes voulaient l'éloigner. *Huit mois contre huit ans, huit mois il y a dix ans, il l'aime, t'as aucune chance. Son mec serait une femme tu te rétracterais pour ne pas blesser une sœur. Ton blocage n'a pas de sens, tu sais bien qu'il est gay, inconsciemment tu cherches à te mettre en échec. C'est pas parce que je ne peux plus qualifier ce garçon de pervers narcissique que je ne le trouve pas toxique : il jouit de ta frustration. Tu vois où ça te mène de ne pas redevenir lesbienne, toutes les filles ne sont pas comme Mademoiselle tête de faon, je serais toi je reverrais fissa ma position.* Elle ne les écoutait pas et se posait des questions. Des questions qu'elle se pose encore, sur le quai de la gare centrale de Brême, alors qu'étrangement, bien qu'elle soit plus au nord, le froid semble moins vif, à croire que le vent s'est lassé.

À quoi mesure-t-on la puissance d'une histoire d'amour ? Longévité, intensité ; la violence du chagrin au vitriol rupture ? À quoi mesure-t-on l'importance, dans sa vie, d'une histoire d'amour ? Le soyeux conjugal, quotidien bicéphale ; la subsistance d'un lien qui refuse les sutures ? Comment un tricot de mots pourrait peser plus lourd que huit ans de construction, de partage, ancrés dans le réel ?

Est-ce que la poésie peut rendre l'amour plus fort, tellement plus fort encore qu'un évier en inox assurant des orgasmes venant du fond des fesses sur un air de tango ? Est-ce que la poésie peut dépasser le réel ? *Votre histoire depuis le début relève de la fiction, elle ne peut rien donner puisqu'elle n'existe pas. Il ne met rien en danger puisqu'il ne s'engage pas pendant que tu perds la boule. Sublimer te va bien, mais demande-toi quand même de quoi tu te défends en choisissant l'objet d'un désir impossible. T'es amoureuse de mots, d'un souvenir, d'une image : si tu le revoyais ça le ferait pas, si ça se trouve. Sans vouloir insister, tu devrais lâcher l'affaire et te mettre avec une fille.*

Le hall de la gare centrale de Brême est vaste et haut de plafond, à en coller le vertige. Ses fenêtres de cathédrale guettent la venue de l'aube. Il n'y a presque personne, le moindre pas résonne. Clotilde cherche le panneau indiquant les départs, elle se sent soudain seule, très seule une fois devant. Heidelberg dans une heure et une poignée de minutes. Heidelberg pour quoi faire, l'hôtel est réservé, un lit double pour deux nuits. Deux nuits, oui, pour quoi faire. Un café est ouvert, elle se glisse derrière une table, elle commence à avoir très légèrement sommeil. Elle commande un Coca sans sucre qu'on lui sert tiède, elle cherche via Google trad le moyen d'y remédier, ânonne à la serveuse *Kann ich ein paar Eiswürfel haben bitte*, et a la sensation très nette de l'emmerder.

Elle dépose le puzzle bien à plat sur la table. Sur la toute dernière pièce, le trou ne s'est pas refermé. Elle se dit que peut-être elle commence à voir clair, à distinguer la forme que prend la mosaïque. Elle aimerait s'accrocher à un bout de réel, quelque chose qui prouverait que l'histoire n'est pas fictive, le désir une projection, elleetlui un concept, leur amour un mouvement de la sublimation. Alors elle plonge sa main dans son lobe temporal et en sort le seul souvenir qui peut la consoler. C'est un petit cube rose, que l'on croirait de chair.

Clotilde essaie en vain de le faire rentrer dans le trou, mais il est bien trop large par rapport au cratère. Elle tente de l'encastrer dans la bordure apparente de ses fragments mémoriels déjà cousus de fil blanc renforcé de plastique. Rien n'accroche, ne correspond. Elle s'y reprend à dix fois, hésite à le tailler, à demander un couteau *Hast du ein Messer*, à lui rogner les bords avec ses incisives. Ça lui semble effarant qu'il ne trouve pas sa place. Elle le caresse doucement, le presse contre ses lèvres. Elle meurt d'envie de le mordre autant que de l'avaler.

Qu'importe la tactique dès l'instant qu'on progresse

En rentrant de la soirée où Judith, Adélaïde, Wilfried, Bérangère, Hermeline avaient roué de réel Clotilde dans l'espoir qu'elle s'éveille, la Reine s'assit à son bureau et pleura tant de rivières que Citrouille faillit se noyer. Puis, comme à son habitude dans les situations de crise, elle convoqua officiellement les petites voix aiguës qui habitaient sa tête, enfila sur-le-champ sa panoplie de Patronne, tailleur lunettes escarpins collier bagues Yves Saint Laurent, et attendit que tout le monde s'installe en savourant une cigarette. Citrouille détestait les visites, elle se hâta de rejoindre la chambre où elle se fit les griffes des heures sur le bas du lit.

Dans les situations de crise, Clotilde trouvait drôlement pratique de ne pas être juste névrosée. Être éclatée en plein de bouts de Moi, ça avait un grand avantage : sans avoir à prendre conseil auprès d'un autrui qui ne pouvait complètement se mettre à sa place, elle accédait à plein d'avis, de points de vue, d'analyses, de propositions, de solutions. Les grilles de lecture différaient selon quelle partie d'elle était sollicitée. Dans le salon changé en salle de conférences, Clotilde les observait, ces elles qui la faisaient elle, ces elles qui, étant elle, pouvaient l'aider à comprendre elleetlui.

La plupart étaient là depuis les fondations, d'autres s'étaient installées plus tard, quelques-unes avaient au fil des années disparu, mais ce qui était certain, c'est que ce pluriel était apparu quand le Moi de Clotilde avait éclaté, le 30 juin 1983, dans la cuisine d'une HLM haute de seulement cinq étages. Après que sa mère eut été changée en cadavre ; avant que son père ne se colle le canon de l'arme sous le menton ; ça s'est passé entre les deux. Clotilde durant plusieurs secondes, tant de secondes que l'éternité, a été mise en joue. Mise en joue par son père, pupilles dans les pupilles, fusil de chasse pointé. Une longue hésitation, puis elle fut épargnée, rien sur le plan physique. Mais d'un point de vue psychique, la balle est bien partie. C'est le dedans de sa tête qui a été touché, le dedans qui a explosé, sur les parois de son crâne, il y en avait partout. Des bouts du Moi de Clotilde, qui s'appelait encore Valérie.

Pendant que dans la chambre Citrouille arrachait le tissu du sommier, Clotilde attendit que toutes soient assises et que le silence se fasse enfin. En guise de préambule se firent les exclusions : la Patronne était efficace or toutes n'étaient pas compétentes, elle les congédia sans sourire, en les remerciant d'un clignement d'yeux. La première à sortir, Clotilde la pointa de l'index avant de claquer des doigts dès qu'elle vit ses longs cheveux et son besoin d'amour tonneau des Danaïdes. C'était celle qu'elle appelait La Petite, même si cette dernière s'obstinait à être nommée par toutes non pas La Petite, mais Ma chérie. Clotilde détestait les enfants et rêvait de s'en débarrasser. De son incapacité à supporter La Petite, elle n'éprouvait aucune culpabilité. Néanmoins, elle avait conscience d'être maltraitante envers cette créature chétive, morveuse et anémiée. Elle aurait aimé y remédier. Mais les services sociaux ne peuvent rien pour protéger les enfants intérieurs ; la Petite ne pouvait être placée. Aussi, à peine avait-elle pénétré dans la salle de conférences qu'elle fut priée de retourner dans son carton, sous les étagères du placard.

D'autres connurent le même sort. Chouineuse, Pétassa, Trouillardine, la Triade Némésis, soit Rancunia, Madame Talion et Vengeancienne : leur présence ne pouvait qu'être contreproductive. J'en-ai-marre-de-la-vie et La Fille du Soleil furent soumises au même sort, les pôles extrêmes s'annulant, les écouter chacune relevait de la perte de temps. Même après ces départs, elles étaient encore très nombreuses, installées sur les sièges en cuir de la salle de conférences. Du haut de l'estrade en bois laqué, derrière le bureau en acajou, Clotilde prit la parole en se penchant sur le micro, *Bonsoir à toutes. L'objectif de cette réunion est d'obtenir un rendez-vous de Guillaume Richter, rendez-vous, je le précise, à des fins voluptueuses. Vous n'êtes pas sans savoir que l'évier est bouché, ce qui rend la tourelle définitivement impraticable. Vous connaissez toutes le dossier, alors j'attends vos suggestions.*

Elles étaient très nombreuses, les brisures de son Moi dans la pièce émiettées. Mais toutes reconnaissaient que leurs idées se solderaient par un échec. La pression, les lamentos, le chantage affectif, les menaces de couperet ne fonctionneraient pas plus que la séduction offensive, quel que soit le make-up et la danse des sept voiles. Il fallait que Guillaume prenne lui-même, des falaises, l'initiative. Face à cette évidence, Clotilde eut le vertige. Ça n'arriverait jamais, il l'aurait déjà fait ; même en s'y mettant toutes, elles ne trouveraient aucune solution, autant donc achever cette réunion et aller chercher le tube de Lexomil.

L'ampleur de l'aporie déversa du silence au travers de la salle, toutes se turent et le cœur de Clotilde s'arrêta. C'est alors que résonna un claquement un peu sec, familier et caoutchouteux. Dans le fond de la pièce, tout près du radiateur, une bulle de chewing-gum venait d'éclater. Des Converse rouges montantes, un jean neige retroussé, un tee-shirt noir agrémenté de trois badges à l'effigie du groupe Indochine, un bandana noir et blanc, un affreux rose à lèvres nacré, une longue mèche pleine de gel, c'était bien Relouta. Elle avait treize ans pour toujours et n'était d'accord avec rien, absolument rien ni personne, toute contrainte perçue comme fasciste, toute proposition comme un ordre, tout ordre comme une annihilation. La Patronne tiqua à sa vue, et toute la salle se demanda comment la gamine avait fait pour échapper au tri. Clotilde sentit la foule douter de ses capacités managériales, aussi se pressa-t-elle de répondre aux chuchotements, *Parce qu'avec elle on ne sait jamais, je vous rappelle qu'elle a fini par réussir à écrire deux chansons pour Indochine. Nous t'écoutons, Relouta.*

De sa voix de crécelle qui se voulait traînante, Relouta lâcha, comme accablée par leur manque de bon sens : *Zarma les meufs vous faites pitié*. Elle sortit de son sac US noir, barbouillé au Tipp-Ex de citations de Rimbaud, deux très très grosses ficelles, se leva et poursuivit : *La-psy-de-service a dit qu'il était immature, et on sait toutes qu'il se barre en courant dès qu'on lui demande de se rapprocher. Moi je le comprends, on est pareil, ça me ferait flipper ma race qu'on insiste à ce point-là. Je supporte pas qu'on me force, donc faut pas qu'on le force, ça doit lui faire mal dans le bide, d'être forcé. Plus tu lui montreras que tu veux le ken, moins t'auras de chances de le pécho.*

Les yeux de Clotilde s'écarquillèrent tant que ses sourcils faillirent se décrocher. Une vague de lucidité déferla sur la salle, les sièges flottaient et toutes s'accrochaient au leur. La Patronne s'éclaircit la gorge, mais sa bouche était aussi sèche que son pantalon Yves Saint Laurent était trempé, ce qui risquait de flinguer les fibres. Sa langue resta collée à son palais durant une longue fraction de seconde, puis claqua *Excellente analyse, j'entends. Mais alors qu'est-ce que tu proposes ?* Relouta haussa les épaules et ouvrit aussitôt les paumes de ses mains pour souligner combien la solution relevait de l'évidence, *Bah si tu veux qu'il cède, fais-lui croire le contraire, dis-lui et montre-lui que t'as plus envie.*

Mal assise sur la chaise du café de la gare centrale de Brême, Clotilde mâchonne les angles du petit cube rose et tendre comme de la chair. Entre les dents, la sensation du silicone. Comme quand elle se mord l'intérieur des joues. La serveuse soupire malgré elle lorsque Clotilde lui demande en hachant les syllabes *Würdest du etwas zu essen haben.* Elle lui rapporte une carte, Clotilde montre une ligne au hasard. Elle repense au printemps dernier, au goût qu'il avait, ce printemps, au sortir de l'inondation de la salle de réunion. Le goût poivré de la ruse. Qui donnait à Clotilde des aphtes, tant mentir, toujours, l'affectait.

La psychologie inversée consiste à tenir un discours, ou à adopter une attitude, contraire à ce que l'on souhaite obtenir de l'autre. Cette technique très basique de manipulation s'appuie sur la réactance, un mécanisme de défense psychologique qui se déclenche quand quelqu'un pense que sa liberté d'action est supprimée ou en danger. L'esprit de contradiction s'impose alors, le sujet fait, ou croit, l'opposé de ce qui lui est suggéré. Clotilde savait que sur les enfants et les adolescents, la psychologie inversée était très efficace. Elle n'aurait pas parié que ça puisse fonctionner sur un adulte, tant cela lui semblait constituer une insulte à l'intelligence.

N'ayant plus rien à perdre, épuisée qu'elle était de se tenir au point mort, elle feignit de prendre ses distances, agissant comme une femme qui vient de renoncer. Elle n'évoqua plus les falaises, elle cessa d'agiter un à un les sept voiles, elle ne souffla plus le désir, ne suinta plus la frustration ; elleetlui n'était pas fait pour le réel, elle avait fait le deuil de la peau. Guillaume ne pouvait pas savoir que chaque nuit, elle atteignait l'orgasme en s'imaginant écrasée par son corps, refermant si fort sa main sur les taches de rousseur de son épaule, si fort oh oui si fort, que le pointu de ses ongles creusait son chemin dans la chair du Monstre.

Est-ce parce que la pression se relâchait ou par esprit de contradiction, Clotilde ne le saura jamais. Toujours est-il qu'en moins de quinze jours, les appels de Guillaume se multiplièrent et qu'il lui proposa enfin un rendez-vous. Non pas dans un musée, ni même dans un café, mais carrément chez elle. La stratégie d'une collégienne avait donc réussi là où la poésie n'avait cessé d'échouer. En son for intérieur, Clotilde dut se l'avouer, elle trouvait ça décevant. Mais il va de soi que sa joie ne connaissait plus de limites, et l'euphorie enflait avec le compte à rebours.

Judith, Adélaïde, Wilfried, Bérangère et Hermeline ne purent s'empêcher de la mettre en garde. Guillaume lui avait déjà fait faux bond à quelques jours des retrouvailles, rien ne l'empêchait de récidiver. Il était le supplice de Tantale, qu'il cède leur paraissait suspect. Pourquoi maintenant ? se demandaient-iels. Clotilde n'osait pas leur confier les coulisses, trop honteuse à la fois de sa manipulation et du fait qu'elle eût fonctionné. Elle était persuadée que le surgissement des falaises derrière la porte bleue ouvrirait l'acte II, celui où elleetlui gambaderait IRL. Elle jouait l'avenir de leur histoire sur ce rendez-vous précis, un rendez-vous en semaine, un jeudi, à quinze heures. Elle en avait déduit que le Monstre la glissait entre deux réunions professionnelles, avant de rentrer l'air de rien récurer l'évier en inox. Qu'il mente probablement, ça lui faisait plaisir.

Oui, elle jouait leur avenir. Et elle avait quatre jours pour les préparatifs, aussi devait-elle au plus vite se pencher sur la décoration, la bande-son, les costumes, la coiffure, le maquillage. Fallait-il changer en clairière chaque recoin de son deux-pièces, recouvrir la petite table de fleurs coupées et de branchages, comme elle le faisait jadis dans les chambres d'hôtel ? Elle hésita un peu, visualisa les lieux en validant leur potentiel. Ça pouvait être sublime mais appartenait à l'acte I, à la scénographie de l'avant, d'avant la boucherie vaudevillesque, d'avant l'enterrement d'elleetlui, c'était un retour dans l'hier. Elle voulait du neuf, de l'inédit. Or l'inédit c'était le réel, le réel à nu, le réel cru.

Guillaume Richter venait chez elle, elle, Clotilde Mélisse, locataire de quarante-sept mètres carrés encombrés de livres, de vêtements, d'animaux empaillés, avec un salon dévoré par un bureau aux pieds d'acier soutenant une grande plaque de verre anis, deux chaises en plastique mauve autour d'une table tulipe, un fauteuil Acapulco, une banquette recouverte de peaux de mouton fuchsia, vert anis et violette, des lampes Kartell en écho, une autre, fusée, remplie de paillettes, une guirlande de lampions, des papillons sous cadres, une tête de chevreuil en trophée, des miroirs de sorcière partout. Elle réalisa soudain, en observant ses étagères en pvc translucides remplies de ses livres fétiches et de ses bibelots ésotériques, qu'elle s'était façonné le décor dont elle avait rêvé adolescente, pas celui d'une adulte. Et ce fut encore pire en faisant le tour de sa chambre.

Ce n'était pas une chambre, c'était juste un dressing, un très très grand dressing, extrêmement bien rangé, mais un dressing quand même. Les chaussures dans leurs boîtes encadraient la fenêtre, deux portants se succédaient jusqu'à l'immense armoire d'angle, un boa noir, des colliers et des turbans étaient accrochés au miroir en pied ; au-dessus du lit une planche pleine de foulards impeccablement pliés, classés en fonction de la taille de leurs motifs têtes de mort. Fait-on l'amour dans un dressing ? Clotilde se posa la question. Elle n'avait pas fait de rencontre depuis tant de lustres qu'elle n'avait pas songé aux conditions d'accueil. Son vieux sommier à lattes avait rendu l'âme l'année précédente, Adélaïde, qui en déménageant s'était offert un vrai king size, lui avait refilé le sien. Un lit d'une place et demie, un lit de célibataire logée dans une petite surface, un lit, encore une fois, d'adolescente. Elle avait largement l'espace nécessaire pour un vrai deux places, mais elle avait préféré s'abstenir.

Clotilde détestait passer du temps au lit, ce qu'elle aimait, c'était être dans Word. Par conséquent à son bureau, assise sur son siège en plastique et acier. Elle lisait dans le fauteuil en fils violets recouvert de coussins, ou allongée sur la banquette. Le lit n'avait donc qu'une fonction, elle y reposait son corps, cinq à huit heures par jour. Elle s'y évanouissait souvent tout habillée et y reprenait connaissance. Le lit n'était en somme que le socle de sa recharge. Si ses robes et chemisiers rivalisaient de soie, de tissus fins, de satin, ses draps étaient d'un coton défraîchi et elle ne possédait que deux parures, noires et incrustées de poils de chat. Le dressing était impeccable, son lit un véritable pucier. Elle ne s'en était jamais, jusqu'ici, rendu compte.

Du temps de l'acte I, elle était allée chez Guillaume. Des meubles anciens, des rideaux rouges, des cadres pour les dessins autant que pour les affiches. Du bon goût, de l'adulte. La Reine en son palais romain avait mis dans des caves amicales meubles, bibliothèque et effets personnels. De Clotilde Mélisse, rien de l'habitacle naturel n'avait été donné à voir. Guillaume projetait en elle une femme en robe couleur de brume, le diadème serti de métaphores, agitant l'éventail en plumes. Devait-elle décrocher le poster du concert d'Indochine au Zénith en 1986 punaisé sur la porte de sa salle de bains, et le remplacer par l'affiche d'une expo sur le constructivisme tenue à Moscou Londres Berlin au début des années 2000 ? Elle se posait la question et cherchait déjà sur eBay.

La panique était telle qu'elle fut tentée de convoquer une nouvelle assemblée générale, mais le temps manquait. Aussi décida-t-elle presque toute seule de laisser la déco en l'état. Elle se dit que ce rendez-vous ne serait pas celui de la Reine et du Monstre, mais d'une autre facette d'elleetlui, que Guillaume pour la première fois prononcerait le prénom Clotilde. Jamais il ne l'appelait par son nom, elle était Elle, la Reine, ou Vous. Il lui fallait être incarnée, dans le réel articulée, son identité, elle l'avait modifiée à grand renfort de performatif. Qu'il ne l'appelle jamais Clotilde commençait à lui perforer profondément les ventricules. Quand elle pensait à lui durant ses orgasmes de cellulose, il disait *Clotilde Clotilde* avant de supplier *Venez*. Elle imaginait bien sa voix, elle recomposait les syllabes, elle pensait que lâcher *Clotilde* serait une preuve d'amour, un ancrage dans le réel. Dans ses mails elle aussi ne disait qu'Il, le Monstre ou Vous. Mais elle employait Guillaume lorsqu'ils se parlaient dans l'appareil. Elle conclut que ce rendez-vous serait en fait le premier entre Clotilde Mélisse et Guillaume Richter et qu'elle devait assumer que sous sa robe de brume ses dessous soient en Tubble Gum.

Elle se contenta donc de faire à fond les poussières, de passer l'aspirateur et de ne rien avaler pour être sûre de ne pas salir. Puis elle inspecta son dressing, constata qu'elle n'avait strictement rien à se mettre, chercha tout une après-midi la robe noire parfaite, décolletée et cintrée, coton rigide, au genou, les poignets enserrés de smocks. Elle se rendit chez le coiffeur l'avant-veille, se fit elle-même les griffes, vernis noir, pédicure assortie. Elle avait le corps en jachère, sa peau s'écaillait presque tant elle était sèche : elle sortit les onguents. Le minois fut gommé, puis tartiné d'argile, avant d'être oint de sérum à la vitamine C.

Elle resta un temps fou à se scruter dans le miroir. Elle pesait douze à quinze kilos de moins qu'il y a dix ans, pour autant elle n'était pas certaine d'être totalement à l'aise une fois ses vêtements retirés. Ses seins étaient les mêmes, un peu moins lourds et toujours fermes, mais son ventre disproportionné lui apparut en repoussoir. Elle observait avec dégoût chaque parcelle de sa peau d'orange : elle ne se trouvait pas désirable, serait-il capable de la désirer ? Il avait adoré son corps quand elle explosait dans des jupes taille 44, pour autant, hors de la boule à neige, si longtemps après leurs nuits de pleine lune, déclencherait-elle encore la volupté ?

Lui revenait en tête un dialogue d'*Alphaville* de Godard, entre Eddie Constantine et Anna Karina : *Amoureux ! Qu'est-ce que c'est ? / Ça. / Non, je sais ce que c'est, c'est la volupté. / Non, la volupté est une conséquence, elle n'existe pas sans l'amour.* Elle en avait fait un montage pour lui du temps de Rome, elle lui envoyait des reprises de chansons, elle avait mis ces répliques en amorce de sa cover d'*Amoureux solitaires* de Lio. *Hé toi, dis-moi que tu m'aimes, même si c'est un mensonge.* Elle voulait aujourd'hui que cessent entre eux les mensonges, parce qu'elleetlui était l'amour, par conséquent la volupté. Il était temps de faire sa playlist, elle la nomma *Merveilles du monde* et la remplit de cinquante titres qu'elle jugeait sublimes à en décéder, ou qu'ils écoutaient à l'époque. De la new wave, du shoegaze, une poignée de titres de synth pop, et pour se rappeler Rome *Sarà perché ti amo*.

Elle était prête à être elle-même pour accueillir l'Acte Nouveau. La veille elle dormit mal, se relevant pour fumer en consultant ses mails, de crainte qu'il ne se rétracte à l'orée du jour J. Citrouille était très lasse, par conséquent nerveuse, elle lui mordait les pieds pour l'envoyer au lit. Quand le sommeil vint enfin, elle rêva d'Étretat. D'ailleurs elle rêve encore, le souvenir dans la bouche, accoudée à la table du café de la gare centrale de Brême. La tête dans les mains, devant elle une assiette remplie de bouts de saucisses tranchées et de légumes variés. Elle déteste les légumes au point que la faim la quitte. Plus rien ne la réveille, elle est en mai dernier.

Derrière la porte bleue

Ainsi il y eut un soir et il y eut un matin : ce fut jour de falaises. Le ciel était crayeux, le printemps réfractaire, le chauffage allumé. Clotilde dans sa robe neuve trop serrée à la taille ne cessait de se repoudrer et de s'asperger de parfum, juchée sur ses stilettos les plus hauts. Elle redoutait que ne surgisse un mail ou sms d'annulation, n'arrivait pas à croire que le moment tant souhaité se profilait enfin. Des mois qu'elle attendait, peut-être même des années ; en fait une décennie. Et si le conjoint de Guillaume était tombé sur un message et en ce moment même exigeait le renoncement à grand renfort de menaces, le poussant à l'abandon par un ultimatum ? Et si Guillaume lui-même, soudain saisi de remords à l'idée de le tromper, était présentement à deux pas de chez elle en train de faire demi-tour ? Pour entrer dans l'immeuble, grimper les deux étages, passer la porte bleue, il fallait être brave : comment trouverait-il le courage, lui qui depuis le début ne quittait pas la tourelle ?

Citrouille la regardait s'agiter et se poser ces questions à voix haute, se réjouissant intérieurement que sa condition de siamoise lui épargne les affres déchirant sa maîtresse. Elle grimpa sur le bureau et lança la playlist, puis réclama du thon et une ration supplémentaire de croquettes. La voix de Colin Newman s'exfiltra des enceintes, grave, douce, cérémoniale, *Their Terrain*, l'ultime grâce des synthétiseurs. Clotilde jeta un coup d'œil circulaire dans la pièce, consciente que très bientôt le Monstre y serait assis, et elle sentit le trou se creuser dans son ventre, si profondément que sa robe lui parut tout d'un coup moins serrée. Quelques gouttes de pluie écorchèrent les carreaux, puis il fut quinze heures deux et un coup de sonnette annonça que dans le réel se levait le rideau.

De le voir devant elle, souriant dans la lumière un peu pâle du palier, le museau adorable, l'ébouriffé de son châtain légèrement blanchi sur les tempes, sa chemise parme échancrée sur sa peau fine, laiteuse, Clotilde en frôla l'AVC. Citrouille en profita pour tenter de s'enfuir, et Guillaume dut se presser d'entrer ; une fois la porte close, leurs yeux s'embuèrent. Il la prit dans ses bras, une étreinte aussi douce que leur tricot de mots, elleetlui s'enlaçait, un corps à corps concret, leurs gestes tendres et timides, leurs caresses glissando joue à joue creux du cou étaient presque maladroites. De retrouver sa peau, de le toucher à nouveau, ça troublait tant Clotilde que la pièce devint floue. Elle avait beaucoup de mal à ne pas perdre l'équilibre, à cause des stilettos qui crevaient le parquet, de Citrouille qui leur tournait autour, mais surtout de ses jambes saturées de tremblements. Enfin vinrent les baisers qui irradièrent la pièce tandis que le cœur de Clotilde implosait en silence dans sa cage thoracique. Dix ans c'est trois minutes, leurs lèvres comme leurs langues avaient le goût d'un hier qui jamais ne s'arrêterait.

Guillaume posa sa veste en denim rose vintage que Citrouille s'empressa de griffer, et sortit de son sac en toile mauve souligné de sequins une bouteille de Ruinart et un cadeau particulier. Un cadre, sous verre du velours rouge, une plaque, un disque d'or. Niagara, Polydor, l'album *Encore un dernier baiser*, daté de 1986. Ce n'était pas l'original mais une réplique, fabriquée pour les besoins d'un tournage qui se déroulait dans les locaux de son producteur. Guillaume l'avait subtilisé, décroché du décor, il avait tout de suite su qu'il était fait pour elle. Une surprise sur mesure, une offrande à la Reine. Clotilde n'en revenait pas, de l'intention, du geste, de l'objet en lui-même. Elle avait peur que ses goûts confits d'adolescence n'engendrent le jugement et ne la dévalorisent : Guillaume lui démontrait qu'il les avait perçus sans avoir eu besoin de voir son appartement. Le fait est qu'elle adorait ce disque de Niagara, il s'en était souvenu, elle s'en trouvait touchée coulée.

Ils rirent, burent, parlèrent ; ne cessaient de s'embrasser. Ils étaient ébahis du retour d'elleetlui, émus par leur propre existence, éblouis par l'intact de l'intensité. Ils ne se quittaient pas des yeux, ne se lâchaient pas les mains, on eût dit qu'ils revenaient de par-delà les Enfers, avaient traversé le Styx, étaient enfin sauvés, ivres d'être encore vivants.

Citrouille jugeait plaisant de leur sauter dessus en prenant son élan, elle ne s'en lassait pas. Fâchée d'être éconduite et aucunement le centre de l'attention dans ce salon, elle se mit à les mordre en poussant des cris rauques, parfaitement inédits, qui l'étonnèrent elle-même. Clotilde fut obligée de l'enfermer dans la cuisine, où la siamoise put s'adonner à la destruction intégrale des rouleaux de Sopalin, pendant que sa maîtresse retournait sur le canapé.

Ils parlèrent du passé, comparant leurs souvenirs. Tous deux étaient dotés d'une mémoire défaillante, ils recomposaient les faits, combien de nuits dans quelle ville, quel séjour à quel moment, livrant images, détails de ce qui les avait marqués. Ils constataient que chacun avait sa propre version, alors que pour lui la chambre d'hôtel à Venise était rouge, Clotilde elle n'y voyait que du velours bleu roi. Aux deux, des pans manquaient. Ils conclurent en riant qu'inéluctablement au sein de leurs souvenirs, fiction et reconstruction devaient régner, impériales.

Ils évoquèrent aussi le rapport à l'écriture, ce qui faisait d'elleetlui un lien particulier, unique, puissant, inexplicable. Qu'ils n'arrivaient pas à décrire, ni à raconter à autrui, autrui qui n'y comprenait rien, de part et d'autre et quel qu'il soit. Tous deux avaient un rapport vif et organique à l'écriture, passant leur vie dans Word, Clotilde à faire des livres, Guillaume des scénarios. Dans leurs mails ils créaient de la poésie ensemble, langue commune, et de cela aucun n'en revenait. L'invention de la clairière comme de leur carte du Tendre, leur besoin de s'y rejoindre sur le banc, l'attente des mails remplis de fougères, leur dépendance, la violence de la noyade à l'idée de se perdre, que l'écriture commune disparaisse, de tout cela il fut également question.

Elle était dans ses bras et le plafond prenait des airs de clair de lune, Clotilde aurait voulu que ce moment dure l'éternité. Elle ne s'attendait pas à ce que Guillaume lui demande qu'ils rejoignent la chambre. Ni qu'il ait envie d'elle, visiblement, à ce point. Les baisers étaient doux, rien n'était animal, et pourtant son désir, elle pouvait l'empoigner. Clotilde hier encore écœurée par les hommes se trouvait bouleversée par le sexe de Guillaume. Elle devait bien s'avouer que faire bander un homme se revendiquant pédé, c'était narcissisant au-delà de l'entendement. Elle pensa aussitôt aux remarques de Wilfried, *Il a besoin d'être désiré par une femme, il a besoin de la validation du regard d'une femme*. Elle se demanda alors si elle n'avait pas, elle aussi, besoin de quelque chose de légèrement tordu.

Elle était troublée par un autre détail : elle avait oublié qu'il n'était en rien circoncis. Le pourquoi trouva vite, très très vite la réponse. À peine amorça-t-elle un début de fellation qu'elle se sentit incompétente, inapte, elle qui avait fait jouir dans sa bouche des clients avec préservatif, elle qui aimait faire jouir comme ça ses amoureux, parce que c'était pour elle une manière de prendre le lead. Elle ne chercha même pas à faire courir sa langue. Elle savait d'expérience que les cunnis sont toujours bien mieux fait par les femmes ; Guillaume se faisait sucer par des hommes, elle ne pourrait jamais se montrer à la hauteur. Déjà, il y a dix ans, ça devait la travailler. Ce qui expliquait l'absence de souvenir de sa queue.

Pour le reste, chaque millimètre d'épiderme lui parut familier, embrasser ses épaules c'était se fondre dans la clairière. Lui ne lâcherait pas ses seins, ce qui la rassurait. Elle était bien l'unique, et même si elle ne savait pas sucer comme un homme, elle était détentrice d'un atout singulier. Quand il la pénétra, la brûlure se fit vive, comme si tous ses principes, misandrie, abstinence, dans le creux de son vagin criaient à l'incendie. Elle avait très envie de le griffer et de le mordre, de dévorer sa chair enfin à sa portée. Mais tout était si doux, délicat, agréable, qu'elle ne put que refouler ses pulsions de sauvagerie. Ils jouirent tour à tour comme d'autres rendraient l'âme, Clotilde aurait voulu glisser cet instant sous verre.

Ils finirent le champagne de retour dans le salon, Clotilde mit *Pendant que les champs brûlent*, ils s'embrassèrent encore, cette fois silencieusement, presque religieusement, pendant que Citrouille dans la cuisine faisait choir avec fracas le contenu des étagères. Ainsi s'en vint le soir sur l'orgasme clandestin. Il était dix-neuf heures et Guillaume devait partir. Le cœur de Clotilde se serra, mais pas si fort que ça : elle était persuadée qu'il reviendrait bientôt, à présent que dans le réel s'écrivait l'Acte Nouveau. L'au revoir s'imposait, Guillaume lui dit *À tout à l'heure* et Clotilde referma la porte dans un soupir. Elle libéra Citrouille, admira le disque d'or. *Encore un dernier baiser*. Elle n'y vit pas de message, juste une authentique preuve d'amour.

Cette nuit-là dans sa robe de brume, le front ceint d'une tiare, Clotilde n'était que ravissement. La poésie avait eu raison de l'évier, l'émail du réel s'était fissuré, la poésie la bataille avait remportée, faisant pousser des falaises derrière la porte bleue. Elle constatait combien, béni en l'éternel retour, elleetlui refusait obstinément de mourir. Guillaume non plus ne pouvait en faire le deuil. Il l'avait chuchoté à la Reine en haut de la falaise, à moins que ce ne fût sur le banc de la clairière. Ce qui était certain c'est qu'il grattait la terre avec un long bâton taillé dans le tronc d'un saule pleureur. On raconte que ses larmes étaient alors si lourdes qu'elles en étaient sucrées.

Ils avaient par tant de fois traversé le Styx, s'étaient tellement noyés, eau ou fondu au noir, rien jamais ne pourrait définitivement disjoindre les lettres d'elleetlui. Leur lien était immuable, la Reine et le Monstre mythologiques, leur histoire résistait à l'épreuve du réel comme elle avait déjà surmonté celle du temps. Dix ans c'est trois minutes, qu'en serait-il désormais d'un trajet de métro ? *Dites, quand reviendra-t-il ? Dites, au moins le sait-il ?* chantait à l'intérieur avec ses voix Clotilde, s'imaginant déjà qu'il lui reviendrait bientôt, très bientôt, sous dix jours.

Au-dessus de sa tête que Clotilde tient dans ses mains, avachie devant une assiette remplie de bouts de saucisses tranchées et de légumes variés à laquelle elle n'a pas touché, la voix de la serveuse du café de la gare centrale de Brême articule une phrase en allemand. Quelque chose qui veut dire qu'elle voudrait encaisser, rapport au changement de service. Clotilde s'exécute, le souvenir dans la bouche : il a presque fondu. Dès que la serveuse s'éloigne, elle le crache dans sa paume, le petit cube rose comme de la chair est devenu minuscule. Elle regarde le puzzle qui repose à côté d'elle. Il y a toujours le trou. Elle hésite un instant, enfonce le cube dedans, il y tombe aussitôt. Ça lui donne l'impression qu'il n'a pas existé.

Où vont les souvenirs quand ils sont engloutis ? Combien perd-on de souvenirs tout au long de sa vie ? Que reste-t-il des corps quand on ne s'en souvient plus ? Des souvenirs d'elleetlui, des souvenirs récents, c'était le plus précieux, le cube rose comme de la chair, l'ouverture porte bleue. À quoi sert le puzzle si sa mémoire y meurt ? Clotilde a chaud maintenant, très chaud, elle est en sueur. Elle n'a pas très envie de se rappeler la suite. Elle n'a pas très envie mais il le faut. Ce qu'elle s'arrache de la tête ressemble à une escalope, un morceau de dinde morte, de dinde élevée au grain, très fin, un peu gluant, aux reflets jaunis de gras. Il est si malléable que le coudre au puzzle s'opère en un tournemain, Clotilde, de ses petits ciseaux, coupe le fil, le nœud fait. Elle a aussi de plus en plus envie de pleurer.

Elle lit dans l'escalope comme d'autres le feraient dans un miroir d'onyx ou du marc de café, à ceci près qu'elle plonge ses yeux dans le passé, incapable de saisir son futur dans les formes trop abstraites du puzzle. Elle se revoit mi-mai sautillant victorieuse dans son appartement, persuadée de son triomphe derrière la porte bleue : la poésie avait fait plier le réel. Elle attendait sereine un autre rendez-vous, assise sur le banc de la clairière, persuadée que l'Acte Nouveau commencé se poursuivrait bientôt. Qu'ils se reverraient souvent, peut-être même chaque semaine, qu'importe qu'il doive mentir et qu'elleetlui devienne son sale petit secret dans la sphère conjugale. Qu'importe aussi ce que serait sa place à elle.

Clotilde se disait que ce qu'elle éprouvait pour Guillaume relevait de l'amour absolu, or l'absolu est sans limites et Clotilde avait beaucoup de mal avec la notion de limites. Elle était toujours dans l'extrême, avait besoin d'être excessive, canalisait mal ses pulsions. Guillaume avait sur elle l'effet d'une drogue, elle en avait pratiqué plein, mais les molécules du Monstre condensaient ce que chacune avait de plus délicieux et intense. Les montées de dopamine, la pensée qui galope, l'inspiration, la confiance en soi, la plénitude, le reset ; le désir. Elle n'aurait fait le deuil du produit pour rien au monde.

Qu'est-ce qui différencie l'addiction de l'amour ? Est-ce qu'en cas de fixation l'autre n'est pas qu'un objet ? Est-ce que Clotilde n'était pas juste obnubilée par l'idée d'éprouver le sentiment amoureux ? Est-ce que l'addiction relationnelle n'était pas ce qu'elle avait trouvé de plus efficace pour combattre le vide qui vomissait l'ennui, attirant dans son gris le raptus suicidaire ? Ces questions, seule Citrouille dans le salon se les posait ; Clotilde à son bureau se contentait de perdre la boule.

Le fait d'avoir revu Guillaume aggravait ses symptômes. Le manque était plus vif lorsque les mails tardaient, ses rêveries voluptueuses se faisaient plus fréquentes, il suffisait d'un mot pour la faire décrocher de l'écran. L'intensité de ses transports s'amplifiait, poussant au paroxysme son obsession de lui, de sa peau et ses mots, de sa voix, ses éclats de rire. Elle se contenait chaque jour dans leur correspondance, songeant à maintenir l'usage de la psychologie inversée. Pour autant nulle falaise proposée par Guillaume ne se dressait au loin. L'été, lui, se rapprochait. Et avec lui l'espoir, fondé sur rien du tout, de partir quelques jours ensemble près de la mer. Elle n'osait le proposer, ni y faire allusion, mais elle avait repéré un hôtel en Bretagne et s'était acheté un nouveau maillot de bain.

Ainsi Clotilde entra dans l'amour absolu comme d'autres dans les ordres, vivant une expérience pour elle quasi mystique. Elle se dépouilla de toute fierté, de tout orgueil et amour-propre, prête, pensait-elle, à s'y dissoudre. Se dissoudre dans l'amour absolu. Le sacrifice de son ego n'était rien face à la puissance et l'intensité de cet amour, elle se baignait dans de l'acide pour que s'y révèle le blanc de ses os. Elle renonçait à ses valeurs, son éthique, sa morale ; fidélité et loyauté se désagrégeaient entre ses doigts, tandis que la notion de droiture se liquéfiait sur le plancher, imbibant les lattes d'un jus rance : en pourrissant, sa dignité faisait un peu gonfler le bois. Elle n'éprouvait aucun scrupule, si Juan avait été plus raisonnable, il aurait accepté que le Monstre soit en garde alternée et tout aurait été clair, peut-être même carré, quelque part, oui, carré, au point de faire advenir logique géométrique un triangle permettant de tracer à main levée les courbes du chiffre 42.

Judith, Adélaïde, Bérangère et Hermeline étaient inquiètes, Wilfried, lui, était accablé. Il disait *D'habitude, ce sont les hétéros qui vont se faire en douce un gay, il doit être à Paris le seul homo à tromper son mec avec une femme*. Il n'avait peut-être pas tort, mais Clotilde s'en moquait. Bientôt Guillaume serait tout à elle, de ça, elle était persuadée, en dépit de la chorale des cinq voix amicales, qui lui répétaient en canon, épuisées et sur tous les tons, *Guillaume est gay Guillaume est gay* ; ajoutant en chorus *En plus il est maqué*.

Oui, vraiment, Clotilde s'en moquait. Le déni prend des formes qui fatiguent tout le monde. Elle affirmait être prête à l'attendre toute sa vie, en était convaincue. Elle attendrait dix ans, vingt ans, attendrait qu'il se lasse des roses et du tango, patienterait s'il le fallait jusqu'à la mort de Juan. Elle enfilait le peignoir en soie noire qui affine la silhouette de toutes celles qui acceptent d'être la femme de l'ombre, elle qui dix ans auparavant s'y était refusée. Elle le faisait en souriant, comme une martyre sorcière se glisse dans une vierge de fer. La nuit elle écrivait des chansons les joues ruisselantes d'eau salée, se pâmait en sa douleur, se roulait dans l'espoir et effrayait Citrouille, au point qu'elle tenta de contacter les urgences de Sainte-Anne en miaulant de toutes ses forces dans le creux du combiné.

La phase dura quinze jours, peut-être même trois semaines. Clotilde s'était transformée en descente de lit, mais seul

Wilfried et ses quatre amies étaient au fait de sa métamorphose. Face au reste du monde, elle se disait seule et libre, capable de se passer désormais de tout amour, ayant remplacé le couple par la sororité et les liens amicaux. Le soir devant le miroir, en se démaquillant, elle ne s'étonnait pas que son reflet soit sans visage.

De temps à autre, à la faveur d'une soirée où les confidences s'échangeaient entre inconnus, elle se racontait des histoires en réécrivant celle en cours. Elle se définissait comme centrée sur le travail, exclusivement le travail, refusant que son agenda soit soumis aux aléas de sa vie sentimentale. Elle précisait *J'ai un amant à qui je laisse la porte ouverte*. Ce faisant son perfecto et son long tutu noir se changeaient en tailleur à épaulettes Ted Lapidus, tandis que dans sa tête elle faisait la couverture de *Célibattante Magazine*. Puis elle rentrait chez elle et se mettait au travail.

Clotilde achevait l'écriture d'*Aujourd'hui Mesdames* en mettant à profit ses nuits d'observation et d'échanges avec ces inconnus de tous genres. Ce qui l'intéressait, c'était la façon dont les hétéros cis s'adaptaient aux changements qu'impliquait la Violette. Leurs différents profils. Elle les faisait parler, elle les interrogeait, prenait des tas de notes et recoupait ses données. Ainsi elle conclut son ouvrage avec, pour dernière petite chronique, un tableau de leur évolution post #MeToo. Dix-sept portraits de couillidés ultracontemporains, de quoi faire rire les copines sans se faire de nouveaux copains.

Petite typologie du mâle hétérosexuel post #MeToo

Le Ouin-Ouin

Figure emblématique des mâles traumatisés par cette révolution des mœurs qui inclut le point médian mais aucune blague sexiste ni saillie drolatique héritée des colons, le Ouin-Ouin n'a de cesse de se poser en victime. Il ne peut plus rien dire et pleure des larmes de sang en subissant chaque jour les remarques hystériques de ces féminazies qui menacent d'empailler sa paire de testicules pour en faire un sautoir. Nostalgique d'un hier où la virilité imposait le respect en sa suprématie, où qui était un homme possédant une Audi avait la certitude de lever une femme classe, le Ouin-Ouin regarde sa vie s'engrosser de frustrations. Il ne trouve plus sa place, et plutôt que de l'inventer il aspire à être plaint et contemple dans le miroir le carré de sa mâchoire se crisper sous les sanglots. Ça fait un bon selfie pour son profil Tinder.

Le couard essentialisé

Depuis qu'il s'entend dire qu'il est lâche, égoïste et sans empathie, cet homme s'est décidé à en tirer profit. Mensonges, tromperie, désertion, évitement, nombrilisme, muflerie ; absence d'éthique, déloyauté et foutage de gueule éhonté : confronté à sa fourberie, il assume volontiers car n'est pas responsable. Que voulez-vous, c'est un homme et c'est dans sa nature.

Le fabricant de déni

Il n'est pas impossible qu'un matin en se rasant, soudain tétanisé par la lucidité, cet homme ait pris conscience que ses privilèges le rapprochent, en ces temps de révolte, des riches aristocrates dont la tête est tombée à la Révolution. Ça expliquerait pourquoi son inconscient s'acharne à refuser une partie de la réalité : le fabricant de déni est capable d'escamoter des faits, de faire disparaître des chiffres, de lire des statistiques les yeux crevés. Ainsi moins de 1 % des condamnations pour viol en France concerne des femmes, mais le fabricant de déni s'appliquera en nuée sur les réseaux sociaux à soutenir que les violences sexuelles ne sont pas genrées. Ajoutons que pour lui, depuis cinquante ans, les femmes sont au pouvoir. Et si en ce moment elles expriment leur malaise, ce n'est pas parce qu'elles sont traitées, considérées, payées, en inférieures. C'est que, ayant changé de place, brisé le plafond de verre, accédé aux hauts postes, les femmes se retrouvent à gérer des situations et des dossiers dont s'occupaient les hommes. Peut-être que leur stress prouve que malheureusement elles n'ont pas les épaules.

Le verrat visibilisé

Fils aîné de la turgescence et du patriarcat, la pupille fixe et dilatée, le groin luisant, l'âme priapique, le verrat désormais visibilisé appartient aux espèces de l'ancien monde en cours de démantèlement. Il use de son pouvoir en laissant libre cours à ses pulsions libidinales, harcelant sexuellement jusqu'à l'agression ou le viol ce qu'il perçoit comme des corps à sa disposition. Jusqu'au mouvement #balancetonporc, la cécité sociale et la loi du silence préservaient ses pratiques de toute action en justice et de toute révélation au sein de l'espace public. Dans le monde du travail, dans le monde culturel, dans le monde politique, les projecteurs sont en surchauffe depuis le temps qu'ils sont braqués sur eux, la peau des gorets en scintille mais très peu se trouvent inquiétés. Aujourd'hui comme hier, les verrats du pays se vautrent dans l'impunité : faudra pas s'étonner si demain l'option grillades s'impose spontanément pendant les barbecues.

Le réactionnaire en sandales

Appartenant à la catégorie des boomers, le réactionnaire en sandales s'avoue dépassé, voire choqué, par les formes et outils de la déferlante violette. Impossible de convaincre la moindre de ces femmes que son empuissancement passe par la case partouze, ni qu'il y a du désir autant que du consentement dans les jardins d'enfants. La moraline empeste à le faire suffoquer, le manque d'humour le déprime ; il voit du jansénisme dans l'œil des militantes, leur attribuant la cause de ses dysfonctionnements érectiles, oubliant que son corps enfle avec l'andropause et qu'il est temps de rejoindre le cimetière des éléphants.

Le ver galant

Depuis #MeToo, le ver galant se tortille, se dessèche, agonise, ne sachant plus comment faire pour rejoindre la partie. Ses cheveux épars et blancs ne sont plus compensés par la coupe de son costume, ni les reflets moirés de sa carte Premier. Sa courtoisie relevant de la pure stratégie, à l'instar de sa prévenance des plus paternalistes, les femmes refusent d'avancer lorsqu'il leur tient la porte, et saisissent son briquet pour allumer elles-mêmes le bout de leur cigarette. Sa main tremble de se poser sur un genou qui pourrait aussitôt porter plainte, rendant la chasse ardue, d'autant qu'il a du mal à distinguer ses proies lorsqu'elles ont moins de trente ans. Il y a tellement de lesbiennes parmi ses étudiantes et les filles de ses amis. Quand il va à la messe il demande à Jésus de rayer Alice Coffin de la surface de la Terre.

Le Je suis féministe mais

Quand il commence sa phrase, certaines femmes se méfient, échaudées par les grands discours des faux alliés. Quand il termine sa phrase, un chœur de couillidés reprend avec lui le refrain *Cette fois ça va trop loin*, tandis que ces dames ont toutes fui le salon discrètement.

Le morveux de la République

Sous couvert de principes liés au buste de Marianne, il ne supporte pas les réunions non mixtes. Dès qu'il n'est pas convié, cet homme s'en va chercher le mot communautarisme, furieux que l'on résiste à son omnipotence. Blessé de ne pas en être, il parle d'exclusion, retient sa respiration à en devenir tout rouge ; car au fond il n'est rien qu'un tout petit garçon qui se sent abandonné dès qu'on s'amuse sans lui.

Le séducteur en laisse

On le croise dans des parcs, quand son chien le promène. Son instinct de prédateur, ses méthodes obsolètes, ses relents surannés de drague à la française : il se sent tellement menacé d'extinction qu'il vient de faire des démarches auprès du WWF.

Le purple fucker

Son grand-père se contentait de jouer à la guitare une chanson des yéyés aux filles autour du feu ; son père de faire gober un ou deux ecstasys à ses voisines de tente les nuits de teknival. Lui se met du vernis de couleur vive sur les ongles et une rivière de strass sur sa chemise cintrée mauve, puis s'arrange pour que l'on voie dépasser de son sac un titre de Mona Chollet ou *King Kong Théorie*. Il a les dents très blanches ; lorsqu'il prend la parole, il la demande avant. Ainsi se glissent dans les rangs des manifs féministes de nouveaux petits malins qui savent comment séduire au milieu des banderoles. Parfois il pousse le vice jusqu'à écrire son propre livre sur le plaisir féminin, des femmes peintres trop longtemps invisibilisées, enregistre des podcasts sur l'endométriose ou tient une conférence sur la meilleure façon de rendre intersectionnelle l'expérience du polyamour.

Le faux allié

Il se dit déconstruit, mais prononcer ce mot l'associe aussitôt à une image mentale en gros plan dans sa tête. C'est un jouet pour enfant du nom de Monsieur Patate, un bonhomme en plastique que l'on personnalise, ses yeux, son nez, ses cheveux, ses oreilles, sa moustache, son chapeau et sa bouche sont en ce moment même en train d'être arrachés par des mains féminines aux ongles si rouges et longs que le faux allié s'attend à des manches en peau de dalmatien. Il a peur que si on les laisse faire, les doigts fins et noueux lui fassent changer de visage et lui remplacent la pierre qui lui tient lieu de cœur par un vieux pacemaker. Alors il prend les codes, astuces et attitudes de son modèle le purple fucker. Il maîtrise parfaitement les outils de langage du féminisme actuel. Mais en bon mâle alpha, il lui faut contrôler l'ensemble du territoire sur lequel il se trouve ; dominant, il s'impose et flaire ces chairs de femmes et ces nuques de jeunes filles, ne pouvant réfréner un afflux de salive.

Le relou

Prédateur édenté issu du croisement de la drague à la française et de la gaudriole, le relou était toléré par toustes : ce n'était pas un agresseur sexuel, et son incapacité à séduire le rendait inoffensif aux yeux des mâles alpha. Ses blagues stupides, parfois salaces, ses remarques sexistes jusqu'au grotesque, ses tentatives gluantes, glissaient sans que quiconque s'emporte devant les taches de gras. Mais peu à peu son statut de brave porcelet domestiqué s'est modifié : il n'est plus libre d'importuner, rapport à maintenant y en a marre t'enlèves ta main de mon bras et tu fermes bien ta gueule. Pour éviter l'extinction de sa vie sociale, le relou va devoir muter. Renoncer à se comporter comme un garçonnet qui réclame l'attention de maman, trouver d'autres moyens de faire son intéressant. Une fois sobre et informé il pourrait se changer en allié, mais il est à craindre que sa frustration ne le rende imperméable à toute pédagogie.

Le mascu révulsé

On le repère très vite, dès qu'il est en présence d'un discours féministe il lève les yeux au ciel et ses mâchoires se crispent en fissurant ses dents. Entendre la voix de Sandrine Rousseau lui provoque une descente d'organes ; sa souffrance n'a d'égale, depuis six ans, que sa colère. Intimement convaincu que la masse musculaire l'emporte sur le féminin et que la testostérone ne peut que gouverner le monde, les actuels changements sociétaux le choquent et le révoltent tant qu'il en devient maboul, redoutant secrètement que, pour accélérer cet immense remplacement, des écoféministes ne sonnent un soir à sa porte les cisailles à la main.

L'éveillé tardif

Il a découvert que sa fille slalomait entre les prédateurs et les relous et a toujours été scandalisé par l'écart de salaire que subissait sa femme. Par les médias, les chiffres des violences sexistes et sexuelles sont venus à lui. Ébahi d'apprendre qu'en tant qu'homme blanc hétérosexuel il était privilégié, il aspire à l'égalité car il est universaliste et trouve ça formidable de partager l'addition.

Le flippé

Généralement conscientisé puisque trentenaire, désireux de bien faire, il n'a qu'une seule angoisse, c'est le faux pas. Un mot, une vanne, un geste. La manifestation d'une position de surplomb, un sourire trop dentu qu'on croirait carnassier, un item de la panoplie patriarcale. De fait il s'interroge à s'en tordre les synapses lors de ses interactions sociales et amoureuses, buggant jusqu'à la maladresse. Il est donc souvent hésitant et fréquemment sous Lexomil.

Le géniteur décillé

Il gambadait dans l'existence persuadé qu'autour de lui tout allait beaucoup mieux pour les femmes, il y a de nombreuses cheffes d'entreprise et les couples ont un lave-vaisselle. Il a tenu la main à sa compagne quand elle a accouché de leurs filles, il projetait un avenir radieux pour tous les membres de sa famille, et soudain il y a eu #MeToo. Depuis il passe ses samedis dans la voiture, les cours d'initiation à la boxe thaï étant situés à l'opposé des ateliers d'autodéfense pour les 6-8 ans.

Le dépatriarcalisé

En cinq ans, il a eu le temps d'ouvrir les yeux, d'entendre, d'intégrer, d'écouter, de comprendre et de modifier nombre de ses comportements. La domination patriarcale, il veut sincèrement en voir la fin. Parfois, certains réflexes perdurent. C'est pas toujours facile de partager la parole et de systématiquement se mettre à la place de l'autre.

Postures et découvertes

L'été continuait à s'approcher tant et si bien que Clotilde un matin se retrouva en juillet. Son livre était fini et l'éditrice contente, mais la situation n'avait pas avancé. Guillaume n'avait toujours pas poussé la porte qu'elle avait laissée entrouverte, et le tailleur Ted Lapidus s'était changé en robe couleur ras-le-bol, très courte, à fines bretelles. Elle avait fait le deuil de toute escapade estivale, posé du crêpe sur le miroir aux fantasmes, les baisers étoilés, l'humidité salée, le sable breton sur leur peau ; elle avait même donné à Bérangère son nouveau maillot de bain.

Elle devait partir à Londres, enregistrer avec ses amis musiciens Ulysse & Télémaque l'album dont elle avait commencé à écrire les paroles quelques mois plus tôt, quand elle tentait d'attirer à elle le Monstre en le couvrant de preuves d'amour. Elle avait poursuivi au gré des émotions trop fortes, canalisant ainsi noyades et sanglots fleuves. Douze textes étaient écrits, prêts à être prononcés. Lui entamait sous peu ses vacances, risquant de se retrouver parfois sans connexion, menaçant de pointillés la fréquence de leurs e-mails. Le vide effraya la Reine, qui exigea très fermement un rendez-vous, chez elle ou n'importe où, un musée, un café, un parc : il fallait qu'ils se voient. Que leurs lèvres se touchent afin qu'ils soient sauvés.

Calfeutré au dernier étage de la tourelle, Guillaume fit silence de nombreuses heures. Pour enfin répondre que désormais la clairière serait leur unique espace de rencontre et d'échange. Juste la clairière, oui ; simplement la clairière. Il n'y aurait plus de baisers, de contacts peau à peau, de soupirs dans le monde réel. Plus jamais, rien que l'épistolaire, le reste, terminé.

Comment le lui dit-il, impossible de le savoir, Clotilde brûla chaque mot en effaçant son mail. D'être rejetée de la vraie vie, assignée à l'imaginaire, enfermée barbelés dans la fenêtre du courrier, son désir à jamais contenu dans un enclos, Clotilde, ça la mit en colère. Un courroux dense, acide, remontant des profondeurs, aussi puissant, intense, que l'était sa frustration. Du champ de ses possibles, l'espoir se voyait banni, ou plus exactement étranglé par Guillaume, sous ses yeux, à mains nues.

Toutes les petites voix aiguës hurlaient en même temps, mais cette fois par sa bouche. Un feulement déchirant, continu et très dense, aux multiples fréquences, qui fit saigner le creux des oreilles de Citrouille, brisa le verre à pied posé sur le bureau, fendit sur sa longueur le cristal du pendule et fit trembler les vitres, pendant que du mur tombait le disque d'or.

Ses amies et Wilfried n'avaient jamais eu tort, elle qui leur répétait ne rien avoir à perdre n'avait rien gagné pour autant. Non, vraiment rien du tout. Et plus son cri se poursuivait, se maintenait pointu au-dessus de ses hoquets, plus le vide se faisait au tréfonds de son ventre. La douleur était vive, irradiant en mille points, tous les pores de sa peau expiraient sa souffrance, la sueur de ses tempes luisantes était de l'huile de martyre, son front soudainement oint des derniers sacrements.

En voyant sa maîtresse faire des bonds dans la pièce en braillant des insultes particulièrement sales, Citrouille saisit la boîte contenant le kit d'exorcisme. L'eau bénite resta sans effet, tout comme les miaulements en latin. Le crucifix prit feu et Clotilde s'effondra, la longueur de sa robe ne cessait d'augmenter, son tissu de s'épaissir, bientôt elle se fit couleur de cendres, et c'est dans un nuage gonflé de larmes que Clotilde s'évanouit.

Guillaume voulait donc tout : le quotidien avec Juan, inchangé puisque si parfait, confortable parce que immuable, palme du sécurisant ; et une relation hétérosexuelle virtuelle avec elle. La poésie n'avait pas de prise sur le réel, l'écriture ne modifiait rien. Ce dernier point lui brisa le cœur, depuis il ne bat plus normalement, sous sa membrane tellement de miettes, au stéthoscope on croit entendre des maracas.

Guillaume voulait donc tout, mais pas elle dans le réel. Ce qu'elle éprouvait, qu'importe, c'était lui et lui seul qui depuis le début menait le jeu. Tout le monde avait raison : ce lien était toxique, elle était sous emprise, complice d'une relation tellement asymétrique qu'elle relevait de l'insulte à son intelligence. Clotilde dans sa fureur ne voyait plus qu'un monstre dans le Monstre, et acta immédiatement la fin de la partie.

Cette fois elle ne détruisit pas les lieux de la carte du Tendre par un grand incendie. Elle savait le Monstre capable d'emporter le feu et ne se faisait pas confiance. Sans compter qu'elle voulait vraiment lui faire du mal, à la hauteur de celui en train de la dévaster. Elle savait qu'elle ne pourrait jamais y arriver, le Monstre était hors d'atteinte, son existence privée de leur correspondance se poursuivrait à l'identique. De ne pas avoir de prise attisait sa rancœur.

Elle démonta la clairière comme un quelconque décor de cinéma au lendemain d'un tournage, des grains de polystyrène se collaient aux rouleaux d'herbe synthétique, tandis que les cervidés, lapins et renards empaillés rejoignaient des caisses en bois. Du banc et des fougères, il ne demeurait plus rien. Puisqu'il ne voulait pas d'elle dans ses bras, elle se dérobait à lui, il ne l'aurait pas ici, l'histoire s'arrêtait là, le lien était rompu, il ne lui resterait rien, surtout pas l'écriture.

Ainsi le dernier mail de Guillaume fit s'ébouler le silence qui aussitôt recouvrit les mouvements du soleil. Les levers se faisaient à présent sans le sourire du Monstre, les pensées au coucher étaient dénuées d'adresse. L'été s'évaporait, Clotilde se heurtait à l'absence. Soudain il lui semblait qu'un poignard bien réel lui perçait les poumons : dans Word ou dans la rue, elle ne respirait plus. Le manque la foudroyait toujours sans crier gare, la laissant incapable d'en saisir le déclencheur. Son être fendu en deux laissait jaillir un cri qui changeait l'atmosphère en ciel de fin du monde, elle avait l'impression de n'être plus qu'une déchirure. Elle se demandait alors si Guillaume lui aussi éprouvait dans sa chair cette même sensation, là où il se trouvait, une plage ou une forêt. S'il contenait le jaillissement, les éclats de la souffrance, pour ne pas blesser Juan qu'il aimait plus que tout puisque plus que la Reine. Il va de soi que cette pensée la poussait au supplice. Que faire de cette douleur ? La question se posait.

Elle alla à Londres enregistrer comme convenu son album avec Ulysse & Télémaque ; ils l'accueillirent en petits frères sans se douter un instant de son état psychique. L'âme et le cœur en lambeaux, elle recousit son ombre en travaillant à leurs côtés, deux fois quinze jours, juillet et août. L'album se révélait pop, Clotilde adorait la musique, mais les paroles devaient être réécrites, rien ne rentrait dans les lignes de chant. Devoir abandonner les textes où elle avait fixé ses états émotionnels lui fit une peine immense, d'elleetlui il ne subsistait rien, se disait-elle, plus rien, non, même plus l'écriture. Elle ne garda que quelques images et une poignée de rimes des écrits avec lesquels elle était arrivée, pour tricoter couplets refrain dix chansons qui d'une autre façon racontaient leur histoire, sa fin ; la fin de l'amour. De manière presque joyeuse tant les arpèges synthétiques scintillaient.

Ainsi par une nuit sans lune où sous sa fenêtre un renard trottait, elle écrivit un nouveau texte, bientôt dans le micro chanté. *Ensemble ils ont noyé Cythère / Sous leurs sanglots lourds de toxines / Aphrodite était en colère / Qu'ils se trouent tout seuls la poitrine / Il a écrit : il y a un lac / Elle a suivi la carte du Tendre / Il a prévenu : il y a un couac / Mais elle n'a pas voulu descendre // Ici, un récit pour dire elleetlui / Un pays, trois bougies, une mythologie // Ensemble ils marchent dans une clairière / L'herbe a la couleur des mots / Qu'ils se tricotent épistolaires / Lundi bleu comme un couteau / Il a écrit : il y a un lac / Elle a éternué dans les cendres / Il a mis leurs cœurs dans un sac / Depuis elle n'cesse de se pendre // Ici, un récit pour dire elleetlui / Un pays, tragédie, une mythologie // Ils ont ri quand la terre / Charriait du sang, des langues de feu / Elle les préfère en pleine lumière / Il pense que Vérone c'est bien mieux / Elle a vidé le lac / Il lui a dit : rendez-vous compte / S'ils s'embrassent mes veines éclatent / Ses pulsions il faut qu'elle les dompte // Ici, un récit pour dire elleetlui / Un pays, tragédie, une mythologie // Il n'y a personne dans la clairière / Et tous les cerfs sont empaillés / Aphrodite était en colère / Elle les a changés en musée.* Le morceau s'appelait *Rue des Archives*, parce qu'à Paris celui de la chasse s'y trouve au 62.

Septembre s'abattit sans que Clotilde ait su s'adapter au silence, ni que l'absence enfin ait su se faire oublier. Résister et ne pas reprendre la correspondance tint pour Clotilde de l'épreuve, d'autant que Guillaume était partout : son film sortait et la critique n'avait de cesse de l'encenser. Les articles affluaient, la voix du Monstre s'immisçait au creux de la radio, Clotilde se sentait cernée tout en étant exclue. Elle se rendit secrètement à une projection dans un grand cinéma, suivie d'un débat avec le réalisateur, se glissant dans le public le plus discrètement possible. De là où elle était assise, elle pouvait observer les dos du premier rang. Elle chercha des yeux Juan, elle voulait mettre un corps sur ce qui la dépassait, sur cet objet d'amour qui avait eu raison de toutes ses tentatives. Aucun indice ne vint et le film commença.

Elle connaissait le pitch : une femme, une double vie, la gestion de ses mensonges, le tic-tac implacable qui menace l'imposture. Elle était persuadée que leur histoire s'y retrouverait quelque part, transposée à l'extrême, mais quelque part quand même. L'héroïne de Guillaume ne pouvait qu'être un double, Clotilde le pensait, incapable elle-même de créer des personnages éloignés de son vécu autant que de sa psyché. Elle ne reconnut rien, en fut désappointée au point d'avoir envie de pleurer pendant que le générique défilait sous les applaudissements. Avait-elle aimé le film ? Elle ne pouvait affronter la question.

Guillaume lui avait à sa demande donné à voir ses longs et courts métrages réalisés depuis dix ans. C'était il y a des mois, elle refoulait les faits autant que son jugement. L'image était très belle, le genre toujours différent, mais aucun film n'avait su réellement la bouleverser. Elle ne reconnaissait rien du Monstre dans ses films, Guillaume gavait de baroque chaque plan ; histoires amphigouriques, résolutions décevantes, humour étonnamment absent.

Prendre en compte ce qu'elle pensait de son œuvre l'exposait à une forme de dissonance cognitive, promettant sa psyché à un nouvel équarrissage. Elle aimait l'homme sans admirer l'artiste ; peut-on aimer un homme sans être fan de son travail ? Peut-on être aimée d'un artiste qui sait qu'on n'éprouve rien devant son travail ? Vie et œuvre sont liées. Peut-être que le Monstre était une œuvre d'art, plus puissante et brillante que les films de Guillaume Richter. Clotilde se demandait ça au moment où le micro enchaîna les larsens.

Guillaume était radieux, mais son costume vraiment très mal coupé, Clotilde s'étonna que Juan ait laissé faire. Le pantalon trop étroit, la veste beaucoup trop longue et les carreaux le tassaient, mais il était à l'aise, répondait aux questions sans quitter son sourire. Le voir dans ce contexte rappela à Clotilde l'époque pas franchement si lointaine où elle se passait en boucle ses vidéos de promo. Elle dut admettre qu'au fond, rien n'avait évolué depuis la porte bleue, depuis le peau à peau, puis de nouveau les affres de la distance imposée. Elle le regarda rire le micro à la main, chercha quelle nuque pouvait être celle de son complice, hésita entre un chauve et deux bruns ténébreux. Elle se demanda quoi faire si elle l'identifiait. Juste prendre acte que cet homme lui avait ravi son âme sœur, ou aller se présenter mais dans ce cas dans quel but, Guillaume ne voulait plus d'elle, évaporé, le temps où était proposée la garde partagée.

Elle resta très longtemps à observer Guillaume pendant que la salle se vidait. Jusqu'à saisir un geste, furtif mais tellement tendre que dénué d'équivoque. L'homme était grand, musclé, sa barbe aussi épaisse que le brouillard qui soudain encercla la curieuse. Le réel la gifla, si fort qu'elle en perdit aussitôt l'équilibre. Elle sortit du complexe chancelante, emportée par le flux des derniers spectateurs, et ne reprit ses esprits qu'une fois rentrée chez elle, le trajet englouti par une heure de black-out. Citrouille tenta par mille moyens de l'apaiser, mais la plaie était vive, béante et très profonde : aucune suture ne pouvait l'aider à se refermer.

Clotilde ne dit rien de la violence de cette soirée à Judith, Adélaïde, Wilfried, Bérangère et Hermeline. Elle se contenta d'écouter leurs critiques sur ce film que tout le monde avait vu, les mâchoires si serrées qu'on les eût cru cousues. Toustes commentèrent ensuite la décision de Clotilde de mettre un terme aux échanges cloîtrés dans la clairière, ils la félicitaient, insistant sur le fait que depuis dix ans cette histoire était *du temps perdu*. L'expression aussitôt eut sur le cerveau de Clotilde un très étrange effet. Soudain il lui parut totalement inconcevable que la partie soit finie. Se résigner lui sembla une forme de faiblesse très proche de la lâcheté. De tous ses souvenirs stockés depuis dix ans, aucun ne pouvait concurrencer la puissance de l'intensité du moindre épisode d'elleetlui. Guillaume était le seul qui savait lui écrire et elle était la seule qui pouvait lui répondre, leur lien était unique autant qu'indéfectible, le nier était absurde, essayer de l'annihiler relevait de l'illusion. Ainsi elle écrivit au Monstre : le geste était plus fort qu'elle ; ainsi il répondit, aimanté, lui aussi.

Pourquoi cette addiction ne pouvait être domptée ? Est-ce qu'elle serait capable un jour de s'en passer ? Qu'est-ce qui se jouait vraiment au creux de cette histoire ? À quoi faisait écho l'idée que la poésie ramenait à la vie les cendres de l'amour ? Pourquoi ne pouvait-elle pas accepter les faits, prendre acte des événements ? Dans le café de la gare de Brême, le dos de Clotilde la fait souffrir, lui rappelant qu'elle est mal assise, devant une assiette de bouts de saucisses qui commencent à tourner. Elle se force à chercher un souvenir dans sa tête, elle sait que sans lui le puzzle ne peut qu'être incomplet. Lui aussi ressemble à un bout de viande, à croire qu'elle prépare une fondue.

Parfois la goutte d'eau se dissout dans la vase

Quand Clotilde revisite son tout dernier automne, il lui semble, même encore, là, dans la gare de Brême, qu'il n'est fait que de mots hors desquels rien ne fut. De ce qu'elle a vécu, elle n'a aucun souvenir : ne restent que les aventures, fabuleuses, d'elleetlui. Ne restent que des sourires se dessinant en colonne ; qui porte une crinoline voit dans la séduction les broderies de l'amour.

Guillaume durant trois mois sillonna la France et quelques villes d'Europe pour présenter son film. Il lui racontait tout, et Clotilde adorait que son front soit ceint de lauriers en sainte gloriole. Sur leur carte du Tendre, au-delà du torrent, au nord de la clairière qui bien sûr avait repoussé, s'était dessinée une grotte de cristal et d'opaline. Ils s'y retrouvaient souvent, se chuchotant leur passé, entretenant le feu, évitant avec soin d'envisager l'avenir.

Le fait que Guillaume voyage jusqu'à achever sa tournée à New York permettait à Clotilde d'oublier qu'elle était exclue de son réel, que jamais elle n'aurait accès au quotidien, que ses lèvres seraient toujours hors de portée. Parfois elle pensait à Juan seul chez eux, Guillaume devait l'appeler, mais elle se disait qu'aucune discussion téléphonique, quand bien même très très longue, ne valait l'implication du plus court de ses mails fleuves. Aussi jouait-elle le jeu : elle demeurait à sa place dans la correspondance, sans aucune allusion au moindre rendez-vous.

Décembre s'avança jusqu'à son dernier jour. Guillaume à peine rentré avait quitté Paris pour rejoindre une quelconque campagne aux promesses de repos. Clotilde s'apprêtait à la sortie de son livre, puisque *Aujourd'hui Mesdames* avait été programmé par son éditrice à la rentrée de janvier. Judith ne pouvait exceptionnellement pas organiser la soirée de la Saint-Sylvestre chez elle : sa mère était là pour toute la durée des fêtes et dormait dans le salon. De fait, elle passait son tour, ce trente-et-un décembre se ferait en famille, mais s'y grefferait qui veut, la table était ouverte.

Le succès ne fut pas au rendez-vous, et la petite bande ne fit pas corps : Adélaïde et Bérangère fuirent en vacances aux Canaries, Hermeline resta avec Jasmine qui désormais enceinte était prise de nausées. Clotilde suivit Wilfried chez une de ses amies scénariste, dont la compagne était cheffe op, ce qui laissait présager que les convives graviteraient dans le milieu du cinéma. Cette donnée enchantait peu Clotilde, qui avait beaucoup de mal avec son fonctionnement.

Le milieu du cinéma diffère terriblement du monde de l'édition, bien que la grande bourgeoisie autant que le népotisme sévissent dans les deux. Clotilde avait longtemps déploré le folklore de la République Bananière des Lettres, la profondeur des douves peuplées de crocodiles qui entouraient le haut château, les mesquineries du hall, la cruauté du grand salon, la violence de la course aux prix qui agitait chaque automne l'hippodrome, le fait que l'endurance et le carnet d'adresses permettaient aux médiocres de ne jamais disparaître.

Mais fabriquer un livre ne coûte pas beaucoup d'argent, et faire publier le sien, sans réseau, est possible. L'objet se défend seul face à un éditeur, la qualité du texte suffit à l'emporter. Dans le monde de l'édition, tout se joue sur le symbolique, les enjeux financiers au regard de ceux du cinéma sont vraiment minuscules. L'auteur est autonome, nul besoin de simuler estime ou amitié vis-à-vis de quiconque. L'édition est une terre où s'élèvent des chapelles alliées ou ennemies, on y croise également beaucoup de francs-tireurs, mais personne n'aurait l'idée d'y voir une grande famille.

Le milieu du cinéma est celui des dynasties, le concept d'héritier y a cours, reproduisant ainsi une aristocratie dont le génie serait dans l'ADN. C'est une succession de cercles, comme dans l'*Enfer* de Dante, dans l'ultime les seigneurs jouent des carrières aux dés, dans celui qui le précède les élus ont le cerveau qui saigne et les nerfs déchirés, dans les autres c'est la guerre. Le réseau est l'égide, la progression ne dépend que du carnet d'adresses. C'est un espace professionnel régi par l'argent, terrain propice au pullulement de margoulins et aux abus de pouvoir.

On parle de marché de l'édition, mais d'industrie du cinéma : n'importe quel long métrage coûte plus que ce que génèrent les ventes d'un prix Goncourt. Le moindre court métrage implique un financement passant par le CNC et la course aux aides régionales. Or dans les commissions du fameux CNC siègent des gens du milieu, qui, quels que soient leur poste, leur métier, leur statut, ont le sens de la famille. Personne n'est autonome et la parole, toujours, placée sous le joug des financements à venir. Car même un comédien qui joue comme une patate peut faire partie d'un jury. Et ainsi contribuer au refus du projet de qui se sera montré publiquement lucide au sujet de son jeu. C'est pourquoi tout le monde conjugue avec emphase le verbe adorer et s'appelle ma chérie. Clotilde avait remarqué que le fiel était pourtant plus dense et plus acide, les frustrations et les rancœurs infiniment plus grandes que dans l'édition. Mais ils avaient tous tant besoin des uns des autres qu'ils mâchonnaient leur langue jusqu'à la faire saigner.

Clotilde n'avait donc pas particulièrement envie de suivre Wilfried. Mais passer seule le rituel de la nouvelle année en compagnie de Citrouille lui plaisait encore moins. Aussi se retrouva-elle entourée de personnes qui parlaient de cinéma, de films français récents, dont celui de Guillaume. Il va de soi que chacun disait adorer l'homme autant que l'artiste, puis une fois que le groupe eut vérifié qu'aucun de ses amis proches ne se trouvait dans la pièce, le film fut peu à peu démonté par toustes. Seul un homme le défendait, ce qui intrigua Clotilde. Il était musicien, composait des bandes-son. Elle attendit que s'épuisent quelques autres sujets de conversation pour se rapprocher de lui : peut-être connaissait-il Guillaume. Clotilde était avide de renseignements, d'anecdotes, de tout ce que le Monstre vivait ou générait une fois loin de la clairière. Elle remplit à deux reprises le verre de cet homme charmant qui faisait moins que son âge mais devait néanmoins frôler la soixantaine, puis entreprit avec une pince à épiler de lui tirer discrètement les vers du nez.

Guillaume Richter avait, comme elle, de nombreux cycles existentiels à son actif. De ce qui constituait la plus grande part d'entre eux, Clotilde n'avait pas la moindre idée. Elle fut très étonnée d'apprendre qu'il avait travaillé en tant que jeune producteur, vingt ans auparavant, sur un film expérimental issu de la scène coréenne. L'homme en avait signé la musique et gardait d'excellents souvenirs de leur collaboration. Le film avait décroché un prix, relativement obscur, mais qui avait été l'occasion d'une virée mémorable à Séoul, où tous étaient si ivres qu'ils s'étaient vomi dessus et avaient égaré les clefs et le nom de l'hôtel. *Heureusement qu'à l'époque il sortait avec Yun, la comédienne du film. Comme il ne rentrait pas, elle a fait le tour des bars, ça a duré des heures mais elle nous a retrouvés juste avant qu'on se fasse embarquer par les flics.*

Le cerveau de Clotilde effectua un grand huit tandis que dans ses veines son sang s'évaporait. Son cœur, lui, se cribla de plombs. Elle tenta de se convaincre d'avoir mal entendu en feignant l'amusement, mais son rire mourut dans un étranglement. Elle glissa *C'est marrant, je pensais qu'il était gay, je l'imaginais pas du tout avec une fille.* L'homme corrigea : *Une femme. Beaucoup plus âgée que lui ; elle savait ce qu'elle voulait, le pauvre n'a rien compris ; qu'est-ce qu'on a rigolé. Je le recroise de temps en temps, on habite le même quartier, son mec est très sympa.* Clotilde s'entendit prononcer malgré elle *Est-ce qu'il est au courant ?* Puis elle eut tellement honte qu'elle fit tomber son verre, créant une diversion parfaitement salvatrice.

Wilfried ne comprit pas pourquoi Clotilde s'était enfuie à peine minuit sonné. Ni la raison de ce soudain manque de confiance en elle les semaines qui suivirent. Elle se croyait l'unique, s'imaginait l'élue, avait tant justifié le comportement de Guillaume, chaton désorienté face à un corps de femme, à un désir de femme, et voilà qu'elle découvrait qu'une autre, mais combien d'autres, l'avait bien avant elle plaqué contre le mur. Tout à coup elleetlui lui apparut souillé de cyprine et de vomissures, la clairière si spongieuse qu'elle empestait le moisi. L'humus du sous-bois était de fange, sous les fougères fanées l'œil effaré d'un faon attirait des mouches bleues, ses entrailles répandues comme des champignons bruns. La robe de la Reine se fit couleur gangrène, le nacré de ses boutons des bubons gonflés de pus. Le cœur de Clotilde se souleva et le long de ses joues des larmes acides rongèrent le rebondi en sillons si profonds que durant plusieurs jours elle eut des cicatrices. Le chagrin défigure, c'est son moindre défaut.

L'histoire depuis ses débuts se révélait donc biaisée. D'où lui venait cette croyance d'être la précieuse unique, Clotilde essayait de s'en souvenir, quels mots à quel moment, mais elle ne trouva rien. Non, vraiment, rien du tout. Lors de leurs confidences sur leurs passés sentimentalo-sexuels respectifs, Guillaume ne citait que des hommes, elle avait donc fondé le mythe de la première femme sur une simple déduction. Est-ce qu'il était conscient qu'elle se percevait comme telle ? La laissait-il broder cette histoire dans sa caboche pour la tenir en laisse ou par pure négligence ? Techniquement, il n'avait pas menti, c'était elle et elle seule qui s'était inventé cette fable si douce à son ego : elle ne pouvait donc pas lui en vouloir. C'est contre elle et elle seule que se retourna sa colère. Les petites voix aiguës la lapidèrent de reproches et lui disséquèrent l'âme en quête de fautes commises. Elle se demanda de fait si tant aimer Guillaume n'était pas en rapport direct avec l'image que lui renvoyait, lui avait renvoyée, son envie d'elle, à lui le gay. Si elle ne se sentait pas grâce à lui femme fatale, le cœur battant sous une peau devenue irrésistible. Elle culpabilisait et suffoquait de honte.

Elle se demanda aussi et néanmoins pourquoi Guillaume s'acharnait à se revendiquer exclusivement gay alors que tout était clair, depuis toujours, sûrement. Il aurait eu trente ans de moins, il aurait été jeune aujourd'hui, la question ne se serait pas posée. Il fallait être un vieux coincé dans l'ancien monde et ses catégories pour s'empêcher de la sorte. Il aurait été jeune aujourd'hui, ça ne l'aurait pas encombré. Pour autant, aurait-il quitté Juan pour la Reine ou appliqué la règle de la garde partagée ? Difficile de ne pas voir dans cette revendication une bonne excuse, l'argument majuscule lui permettant en intouchable de sans arrêt se défausser.

Clotilde était amère et ne voulait pas le montrer. Elle ne dit rien à Guillaume, le rejoignant sur le banc au milieu des fougères en feignant de ne pas être piquée par les mouches bleues. Certaines voix dans sa tête interprétaient l'information récente comme un point positif, relançant la machine complètement maboule qui lui tenait lieu de cerveau. Guillaume avait jadis été avec une femme de façon officielle. Peut-être même plusieurs, sûrement un certain nombre depuis son adolescence. Il était donc possible que cela se reproduise. Heureusement que Judith, Adélaïde, Wilfried, Bérangère et Hermeline ignoraient ce qui se tramait dans le tréfonds de son crâne : il y avait gros à parier que toustes l'auraient dès lors forcée à consulter. Citrouille seule avait accès aux pensées de sa maîtresse, qui parlait à voix haute. Elle la trouvait si pathétique qu'elle rêvait de la réveiller, mais sa condition de chatte siamoise entravait son pouvoir d'agentivité.

La voix de la serveuse se noie dans la gare de Brême, Clotilde la regarde s'approcher, elle repousse son assiette, grimace quelques excuses, soupire profondément en sortant le fil et l'aiguille. Elle observe le puzzle de ses fragments mémoriels, constate que son souvenir en forme d'escalope de dinde jaune et suintante a changé de texture autant que de couleur. Il est dur, maintenant, le morceau de chair morte cousu comme Frankenstein. Du goudron velouté. Les autres pièces aussi sont légèrement modifiées, comme si leur consistance était d'un calcaire plus sombre que les Enfers. Clotilde ne sait pas quoi faire de cette observation.

Dans sa bouche un goût acre règne sur ses papilles, la déception revient lui donner le hoquet. Ça lui déchire le plexus et fait trembler ses mains. Ses yeux embués s'accrochent au décor qui l'entoure, les chiffres de l'horloge l'arrachent à son flottement : il est l'heure de prendre le train qui mène à Heidelberg. Elle s'ouvre vivement le crâne pour y ranger le puzzle, s'aperçoit en le refermant que ses tempes sont en sueur. Son front aussi ruisselle. Il s'est mis à faire chaud dans le hall de la gare de Brême. Si chaud que les locaux ne portent qu'un blouson par-dessus leur tee-shirt. Son pull roulé dans son sac, son manteau sur le bras et sa toque à la main, Clotilde s'approche du quai le visage si défait que les regards qui la croisent se troublent d'inquiétude.

Le puzzle dans sa tête poursuit sa mutation, exécution en tâche de fond ; en fusionnant les pièces irradient une légère migraine. Elle se dit que bientôt le travail sera achevé, l'énigme ne va plus tarder à être déchiffrable. Elle se demande ce qui lui manque pour que se révèle enfin la véritable nature de cette histoire d'amour : du courage ou un peu de paracétamol.

Tout le monde descend

Clotilde a pris place près de la fenêtre, le ciel est d'un bleu dur, une plaque de lapis-lazuli. Elle ne distingue plus le paysage, la lumière est trop forte, les couleurs se diluent. Une femme se glisse sur le siège d'à côté, baisse la tablette, y pose son téléphone. Clotilde par mimétisme consulte le sien, des mots de Guillaume l'attendent depuis une demi-heure : *La Reine a demandé quatre jours de silence/Bien qu'il ignore pourquoi/Il dit quand même bonjour.* Elle ne peut s'empêcher d'esquisser un sourire. Qu'il ait pensé à elle et le lui signifie en dépit de l'interdit, tellement de voix dans sa tête y lisent une preuve d'amour, elle ne peut qu'éprouver une émotion positive. Qu'il vienne la relancer sans entendre son imposition du silence, quelques voix, peu, s'entêtent à grincer *Méfie-toi.* Mais il va de soi que leur grain est moulu par le déni.

Sa voisine à présent sort un mince agenda, le parcourt, prend des notes. Sa bouche soudain se crispe à l'en défigurer, sa petite quarantaine chiffonnée par l'angoisse fait de la peine à Clotilde. Elle a envie de lui dire quelque chose de gentil, de rassurant, sans que rien puisse paraître déplacé, intrusif ou gênant. Ça lui semble difficile, d'autant que l'agenda est tenu en allemand. Elle pense au sien, en moleskine, à ce qu'il contient depuis janvier. La promo d'*Aujourd'hui Mesdames*, c'était à son tour de sillonner la France, d'écrire au Monstre ses aventures, dans le train ou la nuit, dans sa chambre d'hôtel. Ce qui lui reste de cet hiver, ce ne sont que ces moments de correspondance. Ou presque, elle exagère toujours un peu.

Quelques bribes lui reviennent. Le visage de cette jeune fille qui lui dit en faisant signer son livre dans une librairie de Nantes, *Grâce à vous j'ai compris qu'on peut se passer du couple, l'amitié et la sororité c'est aussi une vraie forme d'amour*. Elle avait les traits fins, si fins qu'on les eût cru dessinés au fusain. Clotilde avait envie de lui répondre tout bas *J'aime secrètement un homme qui ne m'aime pas en retour mais qui ne peut s'empêcher de m'écrire des mails sublimes, je ne suis pas certaine que vous puissiez me faire confiance.*

Elle revoit également trembler la pomme d'Adam de ce type qui vociférait au sortir de sa lecture pendant un festival, *Imaginez un seul instant un homme écrire un tel ramassis d'ordures sur les femmes ! C'est vous qui êtes sexiste ! Le féminisme n'a rien à voir avec ce dégueulis !* Comme il postillonnait et devenait tout rouge, elle lui a demandé qu'il lui explique en quoi consistait le féminisme, histoire de le pousser doucement vers l'AVC. Elle s'attendait vraiment à un petit exposé, s'ils avaient été seuls, elle y aurait eu droit. Mais il y avait du monde, autour d'eux tant de monde, l'homme s'est donc contenté de la traiter de pauvre folle, puis de quitter la salle en hurlant. Ensuite, tout le monde a ri, mais Clotilde s'est forcée : quand on lui crie dessus, ça lui rappelle son père.

Le train transperce avril, il semble que le décor ploie à mesure qu'il avance. La voisine de Clotilde s'est ouvert grand le ventre, sur sa tablette plein de nœuds qu'elle défait un à un du bout de ses doigts tremblants, en retenant son souffle. Clotilde l'encourage d'un regard, lui souriant de façon appuyée, avant de se fendre le haut du crâne. Elle y enfonce sa main pour en extraire le puzzle devenu une masse informe, compacte, proche de la pierre de lave. Elle l'observe, surprise.

De chaque pièce, plus une trace. C'est à peine si, de très près, se dessine l'ombre des coutures, le fil blanc a brûlé, le plastique a fondu. Elle se demande quels souvenirs ajouter, s'il est encore possible de poursuivre le puzzle : il n'est plus qu'une grosse pierre criblée de petits trous. Une pierre noire et légère, qu'elle tient entre ses mains. De ces derniers mois quoi garder susceptible de l'aider, à présent qu'Heidelberg n'est plus qu'à quelques heures ? Elle replonge ses doigts dans son crâne, tâtonne, en revient avec une minuscule sphère molle, mordorée et brûlante. Clotilde la pose vivement en haut du puzzle aux airs de pierre de lave, comme en haut du volcan d'un jardin japonais.

Dans la sphère mordorée, le mois de février s'achève tandis que Wilfried s'emporte. Clotilde lui a avoué que la correspondance se poursuivait encore, que loin de la clairière elleetlui dans une grotte de cristal et d'opaline se retrouvait chaque jour. Les mots de Wilfried résonnent faisant vibrer les parois de l'enveloppe mémorielle, cognent à la déformer, au point qu'elle pourrait se déchirer : *Au fond tu as surtout besoin d'être amoureuse. Ta misandrie épargne les gays, mais Guillaume est juste un objet, ce que tu cherches, c'est ressentir l'amour.* C'était douloureux à entendre, la question du pourquoi on trébuche et on chute dans l'amour absolu.

Est-ce que c'est vraiment l'autre qui déclenche les émois ? Tombe-t-on amoureuse uniquement parce qu'on a besoin de shoots réguliers de dopamine ? Est-il possible d'aimer à en devenir folle juste pour ne pas crever d'ennui ? Est-il possible que même accablée de travail, galopant dans les herbes un peu trop hautes de Word, Clotilde soit menacée entre deux docs ouverts d'être engluée de gris, attirant malgré elle, comme une malédiction, le raptus suicidaire ?

La terreur de Clotilde à l'idée de s'ennuyer était fondée sur le principe de précaution. Avant le retour de Guillaume, à vivre sans éprouver de transports amoureux, à ne pas être elle-même l'objet d'une certaine attention, Clotilde, peut-être, prenait des risques, ou tout du moins les augmentait.

Il suffisait que seule, Citrouille sur les genoux, elle abandonne le clavier pour un livre, un film, une série, au bout d'une heure ou deux, si elle n'avait pas de vrais chocs esthétiques, ou n'était pas tenue le dos droit par l'intrigue, les joues rosies sous les rebondissements, d'un seul coup et de nulle part surgissait le ptérodactyle ; alors la nuque de Clotilde se raidissait, criblée de flèches de givre, déjà morte, sous le souffle hivernal sorti de ses naseaux. Le risque pour une bipolaire d'un décès par suicide est selon les études de 15 à 20 %, cela a déjà été dit. Le hasard n'existe pas, alors autant s'organiser. Certaines font des enfants pour se faire croire qu'elles ne meurent pas ; Clotilde se voulait amoureuse pour être certaine de rester vivante.

Le train ralentit un peu, la minuscule sphère molle roule lentement jusqu'à se coincer au creux d'une alvéole de la roche sombre, où le mordoré se répand. Clotilde regarde la sphère s'évider doucement, ne laissant qu'une membrane bientôt à son tour bue par la pierre. Elle n'a pas envie de chercher, d'ajouter, ses récents souvenirs. Elle a du mal à regarder le mois dernier en face, la honte lui tenaille les entrailles, son cerveau lui semble un ennemi. Elle n'était pas l'unique et passait après Juan, mais elle demeurait la Reine : à cela, elle ne pouvait renoncer. C'était de perdre elleetlui qui lui faisait un trou dans le ventre, elle voulait maintenir en vie sa plus intense histoire d'amour. Elle se disait que peut-être, il restait des batailles, que si la poésie n'avait pas fait plier le réel, pour autant elle n'avait pas perdu la guerre.

Clotilde ne renonçait pas à être la Reine, mais elle acceptait que son royaume ne soit plus constitué que de mots. Elle s'adaptait aux règles que le Monstre lui imposait, au final c'était elle que le réel faisait plier. Elle sentait de moins en moins ses contours, ne conscientisait plus sa silhouette. Peu à peu, peau et corps s'évaporaient, leur enveloppe ne comptait plus, tout n'était qu'écriture. Comment expliquer à Judith, Adélaïde, Bérangère, Hermeline et Wilfried que ses émois épistolaires étaient infiniment plus remuants que n'importe quel orgasme labellisé dantesque ? Elle a pris des amants et ça s'est vérifié. Alfred Jarry disait : « L'amour est un acte sans importance, puisqu'on peut le faire indéfiniment. » Il n'en était pas de même avec la poésie.

Elle ne savait comment nommer le lien qui les unissait. Guillaume lui répétait qu'il n'écrivait qu'à elle, qu'il ne pouvait s'en passer, que tout cela relevait de l'inouï, qu'elleetlui s'avérait être une *anomalie* dans leurs biographies sentimentales. Être une exception à la règle la flattait, elle s'engouffrait, gonflée d'orgueil, dans cet écart, cette déviation, mais quelques voix aiguës lui faisaient remarquer que son prénom n'était toujours pas prononcé, non, ni dit ni écrit. Qui était-elle pour lui, à quoi bon elleetlui, ces questions lui heurtaient sans cesse le cervelet, à l'en égratigner.

Aussi Clotilde a-t-elle pris le train et imposé le silence. À Guillaume, comme à toustes. Juste avant elle avait chez Judith lâché le mot *platonique*, *relation platonique*, et le terme *sublimation*. Elle s'attendait à ne pas être totalement comprise, mais pas à entendre pour autant *T'as toujours pas classé le dossier ; Platonique ça n'existe pas y en a toujours un qui souffre ; C'est pas de l'amour c'est un jeu toxique ; Si ça se trouve t'es asexuelle ; Si tu veux incarner l'objet de désir d'un vieux gay qui culpabilise de ne pas être hétéro t'as ma bénédiction que veux-tu que je te dise.*

Heidelberg, plus que deux heures, sa voisine recoud son ventre, Clotilde s'avoue qu'elle a choisi cette ville en espérant que ça lui porte chance, que ça influe, Heidelberg c'est si romantique ; ça relève de la pensée magique mais chacun fait ce qu'il peut pour éviter d'avoir envie de mourir. Les mains sur le puzzle de basalte, Clotilde incline la tête, la vitre tremble un peu, elle s'appuie contre, le sommeil la foudroie. Son inconscient s'ébroue et son imaginaire en est éclaboussé.

La voilà donc qui rêve qu'elle collabore avec Guillaume, qu'ils ont décidé de tourner une variation autour d'un film de Sophie Calle réalisé en 1995, *No Sex Last Night*, où l'artiste traverse en Cadillac les États-Unis avec Greg Shepard afin de sauver leur couple par un road movie ; caméscopes respectifs, une heure et douze minutes. Et pendant que son souffle parfaitement régulier s'échappe de sa bouche entrouverte, elle se voit avec lui partir, la Reine en crinoline tenant la main du Monstre au milieu de leurs valises, se filmant dans un fou rire, aéroport d'Orly, départ Los Angeles. Cut. Direction Las Vegas, cabriolet turquoise intérieur cuir argent, le tableau de bord fuchsia, la boîte à gants en zèbre ; Guillaume seul au volant, Clotilde n'a pas le permis mais se change trois fois par jour et a pris des perruques.

Durant sept jours, ils s'embrassent en faisant absolument n'importe quoi, jusqu'à s'achever en high de tout dans une chapelle nacrée, murs et toit de plastique, en robe couleur de oui rehaussée de sequins sous vos applaudissements. Évidemment, leur film, le titre c'est *So Sex Last Night*. En guise de caméscopes leurs portables respectifs, pour une durée d'une heure et quarante-deux minutes. La voix du chef de bord l'arrache à une pluie de pétales en tissu mauve où perlent des pointes de colle pour singer la rosée. Clotilde reprend ses esprits, se demandant à mi-voix *Me devrais-je inquiéter d'un songe ?* Puis écrase le cafard de ses bottines à talons, en maudissant son incapacité à fantasmer autre chose qu'une marche nuptiale dès qu'elle est sans témoin.

Sa voisine lui adresse un léger signe de tête avant de disparaître à peine le train à quai. Clotilde entre ses mains tient toujours le puzzle, la pierre s'est modifiée, elle est devenue plus dense, plus lourde, plus plate, plus régulière, si lisse, d'un noir profond, veiné. Elle le range dans son crâne en n'y comprenant rien, il est temps de descendre, de s'éloigner de la gare, de traverser la ville. Ses pas sont décidés et ses mouvements précis, elle semble s'orienter comme si les lieux lui étaient familiers, elle virevolte aux carrefours ; les feux lui obéissent.

Le puzzle dans son crâne repose sur sa cervelle, ses angles sont aigus autant que les petites voix qui de leurs cris burins taillent le marbre noir. Ça lui fait dans les lobes des tas de petites encoches, la blesse à l'intérieur. Clotilde dans sa tête, ici et là, saigne un peu.

Le château d'Heidelberg, elle doit s'en approcher, sur son chemin, vers l'est, entre un buisson ardent et des ruines de grès rouge, il y a un sentier, Clotilde en est certaine puisqu'il ne cesse de l'appeler. Elle entend scintiller son tapis de cailloux blancs, mille clochettes de cristal attendent d'être foulées ; la chaleur est intenable pour une mi-avril, le soleil sue des mirages, ainsi Clotilde s'avance vers un grand saule pleureur.

Devant elle du gazon, une étendue de gazon, si parfait que sa nature ne peut être que synthétique. Quelques fleurs en soie délicate, des pâquerettes, parsemées. Clotilde observe les arbres au tronc de stuc, au loin. En quoi sont faites leurs feuilles, d'ici elle ne voit pas bien, mais le bruitage est réaliste. Son front las d'être rouge se ceint d'un haut diadème, elle marche sur le gazon en robe couleur d'éveil jusqu'à un muret et une grille, petite ; pour l'ouvrir, Clotilde doit se pencher.

Elle fait trois pas de fourmi passé l'allée centrale, trouve de la place à gauche. De la place, oui, il lui en faut. Elle se débarrasse d'une vieille pelle dont l'extrémité rouille, la plante près des bosquets ; creuser ne sert à rien dans son cas, elle le sait. Elle a déjà tenté, jusqu'au centre de la Terre. À user ses souvenirs on ne peut pas être vivant : le cimetière des amours mortes est son seul horizon, dans sa cage thoracique s'épuise son cœur zombie. Elle ne peut pas se faire confiance pour mener à bien le rituel, son addiction est telle que ses abats sont contaminés.

Elle a compris ce que lui révélait le puzzle dès l'ombre du saule pleureur. Elle s'ouvre théâtralement le crâne et sort de sa tête un tombeau. Sur la stèle est gravé pleins déliés lettres d'or un *Ci-gît elleetlui.* Clotilde regarde la Reine et le Monstre en médaillon, leur sourire appartient désormais au passé ; un bouquet de roses blanches elle aimerait déposer. Elle les regarderait immédiatement se faner au contact du marbre.

La pierre noire bouge encore, alors Clotilde l'arrose en tirant sur le cordon qui retient les nuages. La tombe se meut, grandit, se sculpte et se déploie, bientôt un mausolée, imposant, majestueux, ce n'est pas un palais, ce caveau, mais un temple. Les daims, les cerfs, les biches : tous s'avèrent empaillés, aussi sur son autel, il n'y a pas de sacrifice. Clotilde les yeux levés s'approche, caresse du bout des doigts les détails des sculptures. Il n'y a pas de victime, de potence, de cagoule, de corde, de lame, de billot, mais le sourire d'un ange aux ailes déployées, un chiffre et des écailles. Clotilde se recueille, espérant que lui viennent enfin des larmes de sang ; elle est un peu déçue.

Ses semelles s'enfoncent au creux de la pelouse synthétique, sous chaque pas, un tas de cendres et l'odeur persistante du caoutchouc brûlé. Le sol tremble et se crevasse, il pleut des opalines jusqu'au fond de la caverne. Une bouffée de fiction, une bouchée de mort-aux-rats, qui trouvera l'équilibre raptus et crinoline ; Clotilde avant minuit aimerait rejoindre Citrouille. Elle sait que derrière elle, le torrent se dresse, se cabre, pour noyer la forêt.

Clotilde, libérée, avance, fait le chemin à l'envers, le saule pleureur s'éloigne, le sentier s'éteint lentement, le buisson ardent, le grès rouge, la voilà à l'ouest des douves du château d'Heidelberg. Elle a dépecé le Monstre pour en faire le manteau du cadavre de la Reine, renoncer à elle lui coûtait trop, alors Clotilde l'a changée en une poignée de chansons. La poésie survit à tout mais les poètes gagnent très rarement, le réel reste sourd à l'alchimie du Verbe. Elle ne voulait pas que meure le souvenir de l'amour, elle croyait que l'absolu était ignifugé.

Dans le train qui quitte Heidelberg, Clotilde n'est pas côté fenêtre et elle préfère fermer les yeux. Dehors la toile du ciel se déchire, les cumulonimbus sanglotent dru du polystyrène, il neige sur la campagne brûlante, des halos de vapeur, les vitres ont beau être closes, flotte une odeur de pneu.

Ainsi sont morts les amants d'encre, la volupté en strophes, le chaos à la rime ; du lever au coucher reliés par la chaîne d'or d'un amour impossible. Revenus des noyades et de tant d'incendies, sachant faire une croisière de la traversée du Styx, capables de respirer un poignard dans le cœur. À l'épreuve du réel, ils n'ont pas survécu. Peut-être parce qu'ils étaient amoureux d'un souvenir, ou du spectre d'un amour qui les rendait vivants. Peut-être qu'inconsciemment, à cause de l'écriture, Clotilde face au Oui-Ja invoquait sa maman. Au fond personne ne sait à quoi ça tient, l'amour.

Clotilde regarde en elle se déconstruire le mythe, pierre à pierre, de l'âme sœur. Prête à ce que cesse en elle la tension propre à toute dissonance cognitive. Demain, de retour chez elle, après avoir dormi aux côtés de Citrouille, elle appellera Judith, Adélaïde, Bérangère, Hermeline et Wilfried. Ses yeux resteront secs, son désir sera gercé ; entre ses lèvres mortes sa langue sera clouée, mais ce sera temporaire. Elle en a fait le tour, de cette histoire d'amour où seul battait son cœur au point de s'y fracasser. Elle ne regrette rien et ne peut tout oublier, même en plongeant elle-même dans un étang de feu. Elle qui se disait prête à l'attendre toute sa vie verra bientôt sa plaie devenir un souvenir à peine auréolé des marques de ses sutures. Ses amies et Wilfried y verront un miracle. La fin du monde n'a pas du tout la forme prévue.

Table

De la même autrice

Les Mouflettes d'Atropos
Farrago, 2000
et « Folio » n° 3915

Le Cri du Sablier
Farrago / Léo Scheer, 2001
et « Folio » n° 3914
Prix Décembre 2001

Mes week-ends sont pires que les vôtres
Néant, 2001

La Vanité des somnambules
Farrago / Léo Scheer, 2003

Monologue pour épluchures d'Atrides
cipM / Spectres familiers, 2003

Corpus Simsi
Léo Scheer, 2003

Certainement pas
Verticales, 2004
et « Points » n° 5522

Les juins ont tous la même peau. Rapport sur Boris Vian
La Chasse au Snark, 2005
et « Points » n° 2055

J'habite dans la télévision
Verticales, 2006
et « J'ai lu » n° 8856

Chanson de geste & Opinions
en collaboration avec Pascal Pinaud
Musée d'Art contemporain du Val-de-Marne, 2007

La Dernière Fille avant la guerre
Naïve, 2007

Transhumances
è®e, 2007
éditions JOU, 2020

La nuit je suis Buffy Summers
è®e, 2007
éditions JOU, 2020

Eden matin midi et soir
Joca Seria, 2009

Narcisse et ses aiguilles
L'une & l'autre, 2009

Dans ma maison sous terre
Seuil, 2009

Au commencement était l'adverbe
Joca Seria, 2010

La Règle du Je. Autofiction, un essai
PUF, 2010

Le Deuil des deux syllabes
L'une & l'autre, 2010

Une femme avec personne dedans
Seuil, 2012
et « Points » n° 3114

Perceptions
avec Ophélie Klere et François Alary
Joca Seria, 2013

Où le sang nous appelle
avec Daniel Schneidermann
Seuil, 2013

Vous aimez beaucoup voyager
avec Ophélie Klere et François Alary
Éditions du Cimetière, 2015

Alienare
en collaboration avec Franck Dion et Sophie Couronne
Seuil, 2015

Les Sorcières de la République
Seuil, 2016
et « Points » n° 4996

Mes bien chères sœurs
Seuil, 2019
et « Points » n° 5139

Le Cœur synthétique
Seuil, 2020
et « Points » n° 5402
Prix Médicis 2020

RÉALISATION : NORD COMPO À VILLENEUVE-D'ASCQ
IMPRESSION : NORMANDIE ROTO IMPRESSION S.A.S. À LONRAI
DÉPÔT LÉGAL : AOÛT 2023. N° 149772 (2301152)
IMPRIMÉ EN FRANCE